CUNEI
F●RM
铸 刻 文 化

單讀 One-way Street

全家福

孙一圣 著

上海文艺出版社

图书在版编目（CIP）数据

全家福 / 孙一圣著 . -- 上海：上海文艺出版社，
2024
　ISBN 978-7-5321-8951-9

　Ⅰ . ①全… Ⅱ . ①孙… Ⅲ . ①长篇小说—中国—当代
Ⅳ . ① I247.5

中国国家版本馆CIP数据核字(2024)第 009624 号

发 行 人：毕　胜
责任编辑：肖海鸥
特约编辑：郭佳佳　陈凌云
书籍设计：Titivillus

书　名：全家福
作　者：孙一圣
出　版：上海世纪出版集团 上海文艺出版社
地　址：上海市闵行区号景路159弄A座2楼　201101
发　行：上海文艺出版社发行中心
　　　　上海市闵行区号景路159弄A座2楼　201101　www.ewen.co
印　刷：山东临沂新华印刷物流集团有限责任公司
开　本：850×1092mm　1/32
印　张：8.75
字　数：145千字
印　次：2024年4月第1版　2024年4月第1次印刷
ISBN：978-7-5321-8951-9/I.7049
定　价：49.00元

告读者：如发现印装质量问题，影响阅读，请与出版社发行部门联系调换。

目录

自序　傻子怎么会累　　　　　　　　　001

全家福　　　　　　　　　　　　　　011

番外一　仿佛若有光　　　　　　　　217
番外二　赶鸭子上车　　　　　　　　229
番外三　火车叨位去　　　　　　　　235
番外四　望山跑死马　　　　　　　　247

代跋　少年游，千里好去莫回头　　　255

自序 傻子怎么会累

卡夫卡的短篇小说有一个特点，就是都很像片段，连《变形记》这样有头有尾结构分明的小说也是如此。不提供一个完整的链条，比如为什么变成甲虫，关键原因是缺失的；只提供一种世界观和世界观里一个很小很小的面。这样既解放了短篇，也让小说这种文体不再拘泥于长短。比如他有一篇小说叫《少女的羞涩》，全文如下：

> 一辆金色的车子的轮子在滚动，在石子路上吱吱嘎嘎叫着停了下来。一位姑娘想要下车，她的脚已经踏在踏板上了，这时她看见了我，便又缩回了车里。[*]

---

[*] 叶廷芳、黎奇译，《卡夫卡短篇小说全集》，文化艺术出版社，第492页。

全家福

就这么两句话，也可以说一个场景，道尽了一个少女的心事。

而传统的短篇，无论国外还是国内，普遍都要有个开头，高潮，结尾。即使没有严格要求，一个经典短篇写下来或者看下来，也往往是稳固的、牢不可破的，至少会输出点什么，因为已经预设有人会看这篇小说。

卡夫卡不是，他不输出给读者，他在表达自己，与你无关。这是一个态度上的转变。对读者而言，这种"与你无关"的感受甚至比"表达自己"来得更强烈，更有冲击力。这是卡夫卡的作品与传统短篇小说一个关键的不同。

而他的《公路上的孩子们》更是一部神篇妙品，全篇不过两千字，写一群农村的孩子于傍晚玩耍，异常传神、灵动，细节丰富并且玄妙。在这篇小说里卡夫卡写出了一种他独创的"运动性"的东西。

这篇小说最厉害的地方在于，没有目的。没有指向性的意义，同时又意蕴丰富。只对场景做类似镜头般的描摹和观察，没有画外音，有的只是自然的白噪音。里面只有小孩子的跑动，没有说明，只有关于跑动的描述。最后要离开的时候也没有离开的原因和动力，甚至连前进的方向（尽管说了去哪里，却没有说去做什么）也意

自序　傻子怎么会累

义不明。没有目的的行动最为致命。

来到结尾，孩子们一个个都被父母叫回去了，主人公"我"却想要离开家乡到城市去。

> 从远处的丛林后面驶出一列火车，所有的车厢都亮着灯，窗玻璃肯定都放了下来。我们中的一个人唱起了一首街头小曲，其实我们大家都想唱。我们唱得比火车的速度还要快得多，我们挥动手臂，因为光是声音还不够；我们的声音交织在一起，让我们感到很舒畅。一个人的声音和别人的声音混到一起，他就感到像被鱼钩钩住一样。
>
> 我们的身后是树林，我们就这样朝着远方的旅客放声歌唱。村子里的大人们还醒着，母亲们在铺床，准备安息。
>
> 是回家的时候了。我吻了吻站在我身旁的人，跟挨近我的三个人握了手，就向家里跑去，没有人喊我。到了他们看不见我的第一个十字路口，我又折过身，顺着田间大路跑进森林。我要到南方的那座城市去，我们村里的人这样谈论这座城市：
>
> "那儿的人真是的！你们想想，他们不睡觉！"
>
> "为什么不睡？"

全家福

"因为他们不会累!"

"为什么他们不会累?"

"他们是傻瓜!"

"傻瓜就不会累?"

"傻瓜怎么会累!"[*]

最后这六句对话是神来之笔,什么也没讲却又什么都讲了,可看作一种包罗万象的对话,涵盖许多内容。但是这几句对话又讲了什么内容呢?

仅仅从我自己固有的乡村经验理解,这些对话写的是农村人对城市生活的一种向往。但是当他们说出来的时候,又是一种不屑和贬义的口气,因为谁也不想流露出内心的向往。

"那儿的人真是的!你们想想,他们不睡觉!"

这句话是在说,那儿的人跟我们这儿的人不一样,他们很奇怪。试着翻译一下便是:"那些地方就是到了晚上还灯火通明。"

"为什么不睡?"

翻译过来就是:"为什么他们晚上也灯火通明?"

---

[*] 赵登荣译,《卡夫卡短篇小说全集》,文化艺术出版社,第5—6页。

自序　傻子怎么会累

"因为他们不会累!"

翻译:"他们白天玩,晚上灯火通明也在玩,那便是没有累的感觉。"

"为什么他们不会累?"

翻译:"他们竟然感觉不到累。"

"他们是傻瓜!"

翻译:"那他们一定是傻子。"

"傻瓜就不会累?"

翻译:"傻子不会感觉累吗?"

"傻瓜怎么会累!"

翻译:"对啊,你看我们村里的那个傻子,叫他干什么就干什么,从来不知道睡觉,也从来不叫累。那儿的人不是傻子是什么?傻子怎么会累。"

村里人没在城市生活过,只能根据自己的农村生活经验来理解城市生活,所以得出了"他们是傻瓜!"的结论。

虽然他们心底是向往的,但是,这个结论是他们故意为之的——通过贬低自己不能达到的地方,来安慰自己的生活。

当然,这也只是我根据自己的乡村经验做出的理解。对于卡夫卡的小说,这种理解始终是褊狭的,只能稍稍

全家福

窥一点门径。对于卡夫卡的小说，我们最好的读法便是去除寓言性和象征性，甚至隐喻性，只去感受文学性，而非尝试理解。

我提及这些，是因为《全家福》也是写一个农村孩子出于某种意外，孤身向城市进发的故事。

如果说《公路上的孩子们》是孩子对前路的未知向往，那这部《全家福》则是孩子对这种未知向往的开拔。

这是一个奔跑的孩子。

这个奔跑的形象，叫我想起余华《活着》里的徐有庆那短暂而奔忙的生命——有庆的形象在我的脑海里总是在奔跑，挥之不去。

很早以前，我就想写这么一个马不停蹄的小孩子。那时我以为我想写的是卡夫卡笔下的孩子，是余华的有庆。我没想到，到最后当我真要写的时候，这个奔跑的孩子居然只是我自己。

小说里百分之八十的内容来源于我小时候一段真实的经历。在代跋里有详细描述，这里不再赘言。

一开始，我想写一个短篇，最多不超过两万字，没想到写完以后会是这样长，将近十万的字数，已经接近一部长篇小说了。可能它确实也是一部长篇小说，但我还是想称其为短篇小说。我的理由是，这几乎是一天之

自序　傻子怎么会累

内发生的故事。这样的故事,没有兴亡的痕迹,没有历史的变迁,没有波澜壮阔的情节,只有转瞬即逝的瞬间,只有在一个长镜头下被我们遗落的人间真实。

因此,我写的时候不像在写小说,更像在写一部电影。可以这样说,《全家福》是我用小说写的一部电影。

如果非得给这部小说找个主题,我想,这可能是一部关于平凡与苦难的小说。我所说的"苦难",不一定要经历什么历史性的深重灾难,有时候它仅仅意味着"平凡"地"活着"。在这部小说里,没有坏人,也无所谓好人,他们尽最大的努力要做的只是生活。就像题记里的那句话:"我们光是活着就已经拼尽全力了!"

他们不是傻子,但是这个世界上总有另一类傻子。别说敲诈勒索,别说坑蒙拐骗,他们甚至不投机取巧,不钻营巴结,不不劳而获,只是尽心尽力,只是问心无愧,只是平庸平凡。在某些人看来,他们就跟傻子一样。

当然,这里的"傻子"与前文提及的卡夫卡小说里的"傻瓜"已是截然不同。

因此,这可能也是一部直接叩问生活的小说,尽管我知不道答案是什么。

我在写不出小说的时候通常会写写日记。有一天深夜,我便写了篇日记。日记里写了小时候爸爸载我回家

全家福

这么一件小事。原本我是想将它放进小说里，小说写完以后，我还是拿了出来，因为这篇不足五百字的东西叫做《回家》，而《全家福》则是一个被家园流放的故事。为了不致留下遗憾，我把它放在这里，权作结尾吧：

  这是一条稀稀拉拉的街道。也是我们正在回家的街道。爸爸骑着自行车，我坐在后座上。不过我是与爸爸背靠背坐着，方便我看到后面。起初我这么坐的时候，爸爸训斥了我，我固执己见，爸爸便纵容了我。他骑上车之前提醒我，坐好了，别乱动。

  自行车晃了一晃，便稳稳向前行驶了。倒坐在后座上，确实很不安全，我很快便后悔了。爸爸刚刚起步，我就感觉我快要掉下去了。好在我坚持了下来。倒坐的视野很好，街景徐徐展开。骑车之前，爸爸便说，咱们回家了，再不回家就天黑了。不久，我便看到有一只小狗跟在我们后面跑。跟了一阵之后，有人喊它，小狗小狗。我看到小狗转身背对我们。我以为小狗要跑回去了，没想到这只小狗居然背对我们，面对喊它的那个人，开始倒退着跑动起来，来追我们。这一点叫我惊讶不已，因为我头一次见到倒着跑的小狗。（我没想过小狗也会倒着跑）

自序　傻子怎么会累

那只小狗跑得一点也不慢，简直虎虎生风。倒着跑的小狗，不再像是小狗了，很像一片孤独的波浪——一片左右摇摆，扭着屁股，不停翻滚的波浪。我扭头大声对爸爸喊，爸爸，那只狗居然倒着跑哎。爸爸也不回头，后背却是异常高大。爸爸只是严厉地说，别动，坐好。

爸爸怕我掉下去，摔坏了。

2023 年 3 月 24 日，畅心园

和你们这些少爷不同，

　　我们光是活着就已经拼尽全力了！

　　　　　　——《银魂》

今天早晨，是每天的早晨，也是所有天气的早晨。

有了早晨的上午，才是每天的上午。今天则是没有早晨的上午，没有早晨的上午，便是惊天动地的上午，罚我站到天气的门口一动不动。站得越久，我越来越像站在这里，而我们谁也没说一句话。

我看见一株桑葚树，是我突然看见的一株桑葚树，也是我每天都能看见的桑葚树。我昨天看见了它，前天看见了它，明天也将看见这株桑葚树。我想，它是持续的、从没间断的桑葚树，是我无可避免地熟视无睹了。因此，是我站久了，想要走路的冲动，令我贸然看见一株桑葚树。它吓住了我，仿佛刚刚从百里外信步走来，临时站在那里，一点也不累。仿佛我不看桑葚树，它便走开了，

全家福

走出校园，走到平原去。而我与桑葚树，我们谁也没说一句话。

如果不是桑葚树突然责备地望我一眼，我恐怕想不起来，我是另一株桑葚树。

今年我属兔，明年长一岁，就该属龙了吧。就算么子时候我把每个生肖都过了一遍，还是不够大，至少没大到门口那样大。便是我这样小，也进不了门。

这样的天气实属少见。到了干干净净的校园，一个人也没有，我便知道我迟到了。后门哪个也别想溜进去，我也想过翻窗，不过是想想。我走到开到过分大的前门，硬着头皮喊报告。班主任站在讲台，正待训斥同学们。他一手叩着板擦，咚咚敲了两响找回老师的腰板和脸面，这才乜我一眼，不用说，一定罚我站到门外不许进来。

一团阴云压过来，我情不自禁向后退两步，此举令我沮丧。

班主任问我怎么回事。我低了头不敢动，也不敢吭声。我总是这样，遇到事体便低头，一声不吭。班主任说，别以为你不说话，我就拿你没办法。班主任近前一步，我以为他要打我了。班主任说，下不为例，进去吧。我没有不敢信，也没有不想走，我只是在想该先出哪只脚，

全家福

才不会叫自己走得像一株桑葚树，甚或像两株桑葚树。

我的书包是蓝色的，拉链边上的接缝裂开了口子，张着饥饿的嘴巴，背在背上总想咬我肩膀。这会子正咧着嘴，耻笑我。我从书包掏出课本和铅笔盒。我的铅笔写秃了，便捅了捅同桌明桃的胳臂，借她的粉色小刀给我削一下铅笔。同桌乜我一眼，胳膊肘搨搨我们之间她画的一条线。班主任又站到讲台上了，训完刚刚的话，点了昨天抽烟人的名字：王海瑞、张超、李成祥、赵国栋、王传志、李瑞麟、刘明城、路棹麟、申志杰。他们几个统统站了起来。

明桃终究将她的小刀滑过了"三八线"。我看到她的小刀，果然是那把粉色的。她也没有别的小刀了。滑过来的小刀，叫我单手捂住。

班主任说，刚刚点到名字的都给我出去。他们鱼贯而出。可是王传志站在座位上磨磨蹭蹭不肯动。班主任说，王传志没叫你是不是？王传志说，还有人也抽了烟怎么不叫他？班主任望向所有同学的脸孔，全然没有色彩，问，你说是谁？王传志说，赵麦生。班主任惊讶地望了望我，脸色铁青：赵麦生！我的铅笔将将要削好，明桃的脚已踩到我的脚了，好像摁下我的开关，叫我站起来（铅笔屑簌簌坠落）。我委屈巴巴地说，我没有。

全家福

班主任说，出去。我只得将铅笔和小刀放进铅笔盒。走在过道里，我委屈得就要哭了。

我不恨王传志出卖我，只是觉得，他们九个加起来还不够分量出去，只有再加上一个我，才凑够十个进一位，统统罚站在外了。

我们站了一节课，课间十分钟也不准动。班主任不嫌累，就站边上。路过的其他老师每每看见，撇下一句，你们几个又干么子坏事了？赵国栋腆着笑脸说，我们吃了个烟叶子。班主任上去便是一脚，你还骄傲了你。其他老师说，小小年纪不学好。有个老师走过了我，几乎一眼望穿我，说，这孩子看着不像能抽烟的样。说着，这个老师掏出香烟，磕出一支烟，递给班主任。班主任接过烟双手捧住他打着的火，燃了烟，长长吸了一口，抗着脸说，看人莫看脸，各花入各眼吧。

待到第二节上课铃响，班主任才叫我们回到座位上。

当我走到门口，班主任忽然仁慈地说，赵麦生你等一下。

我直愣愣站住，仰起脑袋，望向班主任那颗很大很大的头颅，很有大祸临头的担忧。我再次一字一顿地说，老师，我真的没抽。班主任摆摆手，不是这个事。

那一定是叫我交学费的事了。学费向来令我头疼。

全家福

因为没交学费，班主任全然不顾正在上课叫我出来三四趟了。这次独独留了我，也一定因为学费了。上一趟，班主任说，再不把学费交上来你就别来上学了。如果不上学到了上学时间我该去哪哈儿——去马路，去田野，去河边，去树林，似乎都是不错的地方。我低头不敢说话，死死绞着衣角。班主任说，下次上学把你爹叫来。我说，我爹不在家。班主任说，不叫你爹，叫你娘也行。我说，我娘也不在家，叫我爷爷行吗？每每叫了爷爷，爷爷老也推说待到不忙了便去，而爷爷总没有不忙的时候。

刚刚上课的校园，再次一个人也没有了。班主任站在屋檐下，阴影将他的脸分割两半。他把我留下仿佛根本没有旁的事，只因为他的烟还没抽完。

我已下定决心保证说，下次一定把学费带来，尽管我也知不道要怎么带来，我只是难过地想，就是死也要把钱带来。

班主任的脸孔飘在我的头顶，给我一种他的脑袋是一朵乌云的错觉。班主任叹出一口气，我仿佛看到他叹出一小朵乌云。他说，你的学籍卡上没有照片，别的同学学籍卡上都有。班主任的手突然扬起，抓了抓后脑勺，继续说，知不道怎么搞的，就你的学籍卡没有照片。今天下午学校不上课，你家里有照片吗？没有的话你去影

全家福

楼补照一张照片去，明天上课拿来。一寸照片，照一张一寸照片，听到没有？

我张着嘴巴，吃惊地看着班主任，知不道自己听明白没有。我小心翼翼地跷起一只脚，脚尖轻轻触地，接着旋了半旋，很快便落了下来，怅惘地说，昂[*]，知道咯。

班主任怕我没明白，觉得自己有责任再讲一遍：听到没有，带照片来，你的照片，记住没有？

我发颤的声音说，知道咯。

班主任说，你知道什么，我说什么了都？

我说，记住没有。

班主任气不打一处来，同时又感到无力。乱糟糟的鼻子乱糟糟的嘴巴乱糟糟的眼睛挤在一块儿，耐住性子说，谁叫你记这句话了，记住前面的话。

我说，前面什么话？

班主任说，照片，照片，明天带来。班主任突然打了我头一下，似乎觉着打疼我了，又搁我头上摸了一摸，说，你说一遍。

我说，我的照片，明天带来。

班主任说，一寸，别忘了，一寸照片，再说一遍。

---

[*] 昂：曹县方言，念轻声，类似"哦"，意思是明白了。

全家福

我胆怯地举起弯曲得不很自信的手,稍稍挑起那根不很弯曲的食指,说,一寸照片,不会忘了。

班主任很不耐烦怎么抽也抽不尽的烟,吐出的烟雾蒙了他的脸,他从嘴巴拔出过长的烟头,扔到地上,狠狠踩灭它,另一只手拨楞我的脑袋,说,记住咯,便回去上课吧。

待到放学,刚刚走出校门,我看到姐姐守在自行车旁等我。这种自行车我们叫它二八大杠。我们两个只会骑车,还没学会载人。姐姐没有骑车,推着自行车与我一块儿走在路边。

姐姐说,弟弟,今天我们要不要换换,你去你姥爷家。我去爷爷家。你姥爷家太远了。

我没工夫理解姐姐说的话,沮丧地说,我得去找爷爷。我想与姐姐说老师找我要照片,我的照片没有了。我要说出来,口气却很像是我没有了,担忧的口气仿佛天塌了。

姐姐看着我的脸。姐姐说,不要老是皱眉头,皱眉老得快。

姐姐陪我走到平原村口,姐姐说,好了好了,看你小气的样子,我不跟你换了,还是我去你姥爷家吧。姐

全家福

姐说罢，便骑车拐上大道，往太平镇去了。姐姐刚蹬了两圈，便下车朝我喊道，吃罢饭赶快回家，到家早了，还能看《猫和老鼠》，我也不跟你抢。我茫然向姐姐摆手，说，知道了。

要去爷爷家，得先蹚过四叔家。严格说，是蹚过四叔的院子，来到五叔的院子。原本都是爷爷的院子，中间劈作两半，一半归到五叔，一半归到四叔。五叔当兵尚没回来，四叔去么子地方了，爸爸妈妈从来不说，留下爷爷和二爷合住五叔那里，搭伙做伴。四叔的院子，有两株枣树。枣树结满葡萄一样的枣子，一串一串。如此黢黑的树干和枝杈像是一根一根的黑夜那样可怖，而树叶和枣子却是青绿青绿。每每路过，我都不敢看，只是匆匆走过。从来没人告诉我，我从小便知，它们是枣树。它们无动于衷，也知不道自己是枣树，仿佛它们是什么树都无所谓。然而，枣树是什么树，不过是一声轻微的响，是一截枯枝断裂的响。因为枣树弯曲的主干和枝杈，委实太弯曲了，弯曲得结实又迟钝，像个驼背，跪在那里，等谁回来。

走过四叔的两株枣树，我便来到爷爷住的院子，站在五叔的一株枣树下。

全家福

爷爷与二爷正搁厨屋包饺子。二爷和面，爷爷做馅。

饺子馅没有猪肉没有韭菜，是爷爷剁碎葱花芹菜和萝卜丝，拌入蒜臼碾碎的花生自制的饺子馅。这是天底下最好吃的饺子。爷爷与二爷天天吃这个，我也跟着吃，仿佛天天过年。若是吃不耐了，我便与姐姐换一换。

姐姐说的对，爷爷从来便没有钱。

爷爷是个驼背，我一眼便看见了。爷爷黝黑佝偻，吃力地转身，每块关节疙瘩都惊恐万状地缅怀往事，那也拦不住爷爷搁蒜臼里捣花生。爷爷说，小啊，你来了。爷爷声音沙哑，松软干燥，很大一部分声音渣子掉到地上。我死死盯着地面，觉得是爷爷簌簌坠落地上，拢也拢不起来。

我看着爷爷，道，嗯，放学了。而后，我鼓着腮帮子说，我们下午放假，不上学了。

爷爷转身看我，好几串骨节喀啦啦地叫唤，说，怎么又放假？

我说，我也知不道，爷爷你忘了，星期二下午都要放假的，也不是放这一回。

爷爷说，你去院子玩会儿，待会儿做好饭叫你吃饭。

我没有动。二爷毫无征兆打了一个喷嚏。

我说，爷爷，老师叫我照照片。

全家福

爷爷头也未回，说，照么子照片？

我说，就是照照片，老师说学校没我照片，叫我明儿个交上去，不带照片就不准上学了。

爷爷说，今天下午不是不叫上学了，还去上学做么子？

我说，今天不叫上学了，明儿个还要去上学。

爷爷说，你们今天考试了？你考试又没考及格么，怎老师不叫你上学去了？

我说，没有考试。我因为爷爷说我不及格有些急躁，急促辩解道，没有考试，也没有考试不及格。有那么一瞬间，我觉着爷爷在故意打岔，这个想法只在脑中一闪便湮灭了，很快连我自己都想不起来，只记得某个想法抖动了一下。几乎是迅疾地，我的眼皮也抖动了一下，紧接着脑中的抖动便也弥散掉了。二爷再次毫无征兆地打了喷嚏，爷爷这次扭过了脸，幅度前所未有地大，爷爷的脸几乎长在后背上了，并且因为几乎长在后背，扭歪了脸，吃惊地看着二爷，僵硬的衣领头一次割住了爷爷的喉咙。

爷爷道，老师又要学费了？

我说，没有，老师没要学费。

爷爷说，没要学费就好。爷爷说，你再等一会子，

全家福

我与你二爷很快便包好饺子了。煮好了叫你,你先玩去吧。

我想现在便走,几乎是想跑开。但是,我还是站在门口没动。爷爷也不管我了,似乎爷爷在等我,等我长大成人。

爷爷说,你饿不饿?没等我说话,爷爷接着说,你过来,把锅底的锅灰扒开吧,待会儿便要烧锅做饭了。叫我过去之前,我知道爷爷前面一定还有半句没说,那半句便是,"既然你长不大,既然你不想长大"。

我耐了一会子,走过爷爷,也走过二爷,统统走过他们,我觉着我也走过我了,我才发现爷爷与二爷虽则错位,却也背对背,像在紧张地对峙着。我来到灶台,蹲下身来,抓起烧火棍捅进锅底。锅灰里像埋了一小块蛰伏的坟墓。这时我才领会爷爷的计谋,并且帮他得逞。我扒开锅灰,火星乱迸,小心拨出一块烧熟的红薯,捧在手里有些烫手,这般时候,我不饿也须得饿了。

爷爷的脸似乎巨大起来,不是巨大的脸,而是出现了巨大的变化。爷爷乐呵呵地说,吃吧吃吧,专事给你留的。而我的脑袋只一个念头,如果这块红薯卖出去,能卖三块钱吗?

我把红薯捧在手心。红薯太过烫手,我的两只手在

全家福

红薯底下交替乱蹦。我像是下了决心把红薯卖与爷爷，我说，爷爷，能不能给我三块钱？

我的脑海无端冒出三块钱，我知不道照相要多少钱，也知不道为什么我想的是三块钱，而不是别的几块钱。

爷爷说，要钱做么子，不是说老师没要学费吗？

我说，不是学费，要照照片。

爷爷说，小孩子家家，照么子照片。

我说，老师叫我照的。

爷爷说，老师叫你照的？老师叫你们同学也都照照片吗？

我说，没有，老师就叫我自己照了。说这句话时，我有了不该有的很是骄傲的神情。

爷爷说，人家都不照照片，凭么子就叫你照照片？

我说，知不道，老师只说叫我照照片。

爷爷说，瞎说啥瞎话，哪有人家都不照就要你一个照照片的道理，难道你比人家多长了三头六臂？

我说，没有，这回我没有。但是，我知不道我在说我没有三头六臂还是在说我没说瞎话。

爷爷说，这回没有，以前就有了。

我几乎哭了，腾地站起来，爷爷和二爷惊蛇一般，愣愣怔怔看着我。我使出巨大的力气，只为紧紧绷着自

全家福

己。因为我的体内住了一个巨人，我努力向里摁住这个巨人不要生气，不要发火。我只是委屈地说，没没，我真没有。我就是想照个照片。只有我知道我说的"没有"与别个无关，只在否认我是个巨人。

比我预想的难走。爷爷家是村里地势最低的洼地，往哪个方向都是上坡，每每下雨门口便积下大大的一汪水，出门需要蹚过过膝的积水。今个天气很好，阳光很大，一出院门，没走多久，我便知道将要爬坡了。这是我常常爬的小坡，独独这次格外费劲，也许是因为我头一次觉着这个坡那么像爷爷的驼背。

做爷爷可忒费劲哟。

每次从爷爷家到太平镇，都须爬上这条坡。到了坡顶，便是长长的下坡。我走得稳稳当当，很没有坡度该有的急切。

这时候，路上没有人，可能我走得不是时候。大人们都上工去了吧。下午的阳光，一块一块，想落到哪块地方便落到了哪块地方。

这条土坡，没有水泥也没有沥青，每逢下了大雨，走在坡顶，雨水便像湍急的河流，在脚下哗哗地流淌。待到晴天，这条土路往往又像是被车辙和脚印拧坏了似

全家福

的，忍不住哗哗向下流淌，想做湍急的河流。

走到坡顶，便要过石板桥。过了石板桥便出了平原。平原是我们庄子的名，也有人叫做平原庄。每每有人叫平原，我都以为他们在叫爷爷，因为爷爷名字叫平原。爷爷的名字是有一次爸爸妈妈吵架吵出来的。妈妈说，你们家赵平原，我们结婚别说出钱，一块砖一片瓦你们家赵平原也没出，都是我们一点点攒来的。

原来平原姓赵呀。

想到平原，我便想起爸爸妈妈把家搬出平原，搬到镇上那个夜晚。我躺在塞满衣物的衣柜里，衣柜躺在地排车上，爸爸在前面拉车，妈妈在旁扶车，姐姐则在后面推着车子。见我醒了，妈妈塞给我一包纸包的青岛钙奶饼干。我把饼干咔嚓咔嚓吃得簌簌掉渣。我看着天，天也不老实，晃晃悠悠，星星则忍不住闪烁。我闭上眼，等待地排车拱上咯噔咯噔一板一板的石板桥，过了桥便是出了平原了呀。

有个我还没去过的新家，吊在平原外头，等我们许久了呀。

不知走了多久，我想我要走死就好了，这样我便不用烦恼了。两边都是被一块一块麦田切得琐碎的平原，那也是平原啊，平原真是好大，四面八方都是望不到尽

全家福

头的平原。树梢微微晃动，那是天空也在微微晃动。天空更高更远，也更大了。我看到前面有一个老太太趴着，一动不动。她摔坏了吗？不会就此死掉吧。其实我早早便知道那是一座坟茔。跑过去了，才想起那是奶奶的坟茔。奶奶像刚刚才死掉，然而，爸爸像我这样大的时候，奶奶便匆匆死掉了。我也早没跑在路上，而是跑进麦田里了。

到了河边，沿着河岸走了一阵，来到一截柏油路。柏油路边零零散散盖着一些矮趴趴的房屋。远远看见比电线杆要粗许多也高许多的避雷针，我便知道我快到太平镇供电所了。过了供电所，紧接着是一处院子。竟然院门半敞，委实出乎我的意料。

我莫名激动：难道妈妈回来了？

今天我没召唤妈妈，妈妈怎能擅自回来呢。有一回，我不慎感冒了，十分想念妈妈。我在心头默念，想要妈妈回来。我诚心诚意祈祷，向如来佛祖向观世音菩萨向上帝老爷祈祷，如果妈妈能够回来，情愿折寿一年。当天下午，妈妈真就骑着自行车歪歪扭扭从西方归来了。妈妈不但回来，还带来一挂香蕉。我欢喜极了。香蕉比妈妈还好吃。可是后来，我再想妈妈，也祷告多次，却没再应验了。

全家福

将沉重的木门推得更开,我当先看见院子里冒着烟,那是临时垒就的灶台,处处都是漏洞,从灶底喷出许多烟火。姐姐弄得一脸灰。看见我,姐姐便笑了。

姐姐好像不是刚刚与我分开的姐姐。姐姐好像是那天晚上全家从平原搬到太平镇的姐姐,姐姐跑得太快,遗落了爸爸妈妈和我,只有姐姐戴了那天的夜晚在脸上。

在姐姐的目光下,我不自觉地皱皱眉头。看到锅底的锅灰,我便知道姐姐又用麦秸烧火了,我与姐姐说过许多次,她也不用耐烧的花柴或干柴。姐姐总是烧许多许多麦秸,做熟一顿饭至少要烧掉一化肥袋的麦秸。化肥袋不是写着尿素,就是写着二铵。院角的麦秸垛薅出了很大很大一个豁口。

姐姐说,你来得正好,我刚刚做好饭。

说得我好像饿死鬼托生。姐姐掀开锅盖,雾气从锅里腾空而起,几乎翻个跟头便呼呼不见了。

果然是清汤面条,还有两根面条的一端没有浸在水里,干结在锅沿。

我不该进来。我没想到不是姐姐回来了,竟是姐姐没走。

我说,怎么没去姥爷家?

姐姐说,你姥爷家太远了,反正下午也没课,就自

全家福

己做顿饭，又不是没做过。你吃过饭了？

我没回答姐姐，而是走过姐姐，来到屋檐下，就要推走倚在墙边的自行车。推了两步，便觉自行车异常沉重。不待我骑上去，姐姐蓦地说，你骑车干吗？车胎爆了，你骑不动的。一路上我好好骑车，没轧着么子也没磕着么子，平白无故，"砰"的一声便爆了。我以为是谁放炮了，骑了好一阵子，越骑越沉，就像骑一块石头那样沉，下车一看，车胎早是瘪了。

我扶住自行车，先看了看车胎，后胎扁到了地面，没必要再看前胎了，不过我还是看了看前胎。我想一定是车轮把车胎轧扁了，不久才想通，是我冤枉了车轮。不得已，我便将自行车扔回墙边去了。

姐姐拿过碗来，不由分说盛了半碗面条给我。过后，姐姐也盛了半碗面条。姐姐端着碗，走到屋里去了。姐姐没在饭桌吃饭，而是走到我们睡觉的房间，坐在床边吃起面来。

我跟在姐姐后头，来到房间。这个房间很小，两张床分别靠了左右两个墙壁。中间狭窄的过道，隔了一挂长长的布帘。晚上睡觉时，便把布帘拉上。布帘是浅蓝色的，大海一样的颜色，虽则我没见过大海。布帘上有许多一模一样的小小的椰子树，一排排的。椰子树比我

全家福

的手还小。现在布帘已被姐姐拉到一边，大海挤作一团，椰子树也撂成一堆了。

我知不道姐姐为么子欢喜坐在床边吃饭，掉到床上怎么办。姐姐正待埋头吃面。我抬起头，喊了一声姐姐的名字。姐姐抬头问我，怎么了？

我端着碗，看着泡在碗里的白面条。我想说我不饿，又怕姐姐说我挑三拣四，便违心道，没事。

我再次低头。姐姐已是心生疑虑，待到不大的房间也天真地充满疑虑，姐姐便说，到底么子事？

我说，没事。

姐姐不信邪，不耐烦道，么子事快说。

姐姐一只手端着碗，一只手握住筷子。姐姐的碗倾斜了，碗里的面汤倾在碗的边沿，几乎豁出来，又没豁出来，看得我想替碗豁出面汤。

我没有不信任姐姐，只是不相信自己。我再次看到了碗里的面条，面碗已是端平了。半碗面条和半碗汤，一块儿冒着热气。我不看姐姐许久，姐姐也没吭声，我也听不见姐姐吃面了。我怀疑姐姐走了。我再次抬头，看到姐姐依然坐在床边，愣愣地看着我，似乎要看我笑话。

我被识破了，慌忙低头，陷入漫长的等待，仿佛茫

全家福

茫长夜等待天亮。越是等待，时间越是漫长。我咽了一口唾沫，在想要不要把面条吃掉，尽管肚子委实不饿。我再次冒出想吃的念头，姐姐突然说：你怎么不吃，再不吃面就坨了。姐姐的催促叫我放弃了吃面的想法。我看看姐姐，再次叫了姐姐的名字。

姐姐显然很无奈，道，做么子？

从一开始我便想把照片的事告诉姐姐。我以为我终于要告诉姐姐了，可我再次打了退堂鼓。

姐姐已是吃完面条了，端着空碗与我对峙。

我突然将手里的面条推给姐姐，说，我不饿，你吃吧。

姐姐说，你一点不吃吗？

我的这碗面条，一口没动。看到姐姐不接，我便将碗里的面条倒进姐姐碗里。现在姐姐的碗里再次有了半碗面条，好像姐姐原本那碗面条一口没吃。现在我才想起来，加上刚刚的半碗面条，拢共也才一碗面条。

姐姐端着碗问我，你到底有么子事？

我说，我真没事。

姐姐说，骗子。

我说，真没骗你。

姐姐说，你说不说，你再不说我告家长了。

我知道姐姐只是吓唬我。我真想一股脑把事情统统

全家福

倒给姐姐，可是知不道为么子，我总开不了口。一直瞒着姐姐不是我本意，一定有么子东西，帮我改口说了出来，好像我身体里有一头熊，是这头熊在说话。这头熊再次说话了：我就是想与你说，我一点都不想吃面条，我最烦吃面条了。哪有熊会吃面条的。

姐姐说，不想就不想，你躲么子躲。

我不说话了，似乎在想姐姐的话。我站起身，走到姐姐跟前，下定决心要全部告诉姐姐。刚想开口，有个声音告诉我，你要说了就照不到照片了。话到嘴边，我临时改口说，你老师与你要学费了吗？

姐姐没吭声，似乎只顾吃面，没听到我说什么。我顾不上多想，说，你吃吧，我先走了。

我转身走出屋门。来到院子，我把一只空碗和一双实在的筷子放到石磨上，看了一眼瘪掉的车胎，走了出去。

姐姐说，你去哪哈儿？

我没说，我想回家。

我重新上路了。

我没走大路，一拐弯，好似开错了房门，拐进一条小路。小路歪歪扭扭，人也没有一个。

全家福

再走一程，看到一株又老又歪的柳树，我便知晓到了赵庄。这株柳树足有几百年，树干粗壮，枝繁叶茂。每每从四面八方远远看去，便冒着青烟。走了近去，青烟又无个了。离了足够远，再行望去，那股青烟又一回冒了上来。再跑近了看，青烟呜呜咽咽又无个了。人们说怪哉怪哉，便命定它是神树。此后，枝条上绑了许多红布条和石子，人们祈福和求子用的。人们请了算命的瞎鱿来看，瞎鱿走到树下又摸又闻。瞎鱿说，这树啊太老了。众人问是何故。瞎鱿这才道明原委，原来这株树老到掏了空，生就了许多飞虫，近看只是飞虫，远看则似青烟。

过了赵庄便是李进士。

走不上一百米，矬上一座石砌的拱桥，再走一截土路，便真的到了李进士。在一个丁字路口，拐进胡同里，便是姥爷家。

实际上还没到姥爷家，刚刚接近胡同口，我便放慢脚步，不敢向前了。我怕真到了姥爷家，找到姥爷也无济于事。想到此，我拔腿要回去，拔了一拔，拔了一只脚出来，鞋子却陷进淤泥里。我薅了鞋子出来，重新穿好。

不对啊，刚刚走平原的土路，没有泥泞，这里不过小小一片怎会这样泥泞？难道雨也偏心，不下给平原，

全家福

只下给李进士吗?

四下张望,一根粗粗的水管,从道路另一侧的水井里钻出来。那边的水井里,马达咚咚响。巴在井边的那截水管,颤颤震动。饱满的水管,一路引过来,沿着小路的边沿一路向更远处去。我看不到水管到哪咔儿去了。

水管有小小的口子,一开始知不道。走过来,会看到很细很细的水柱滋出来,待走过去了,才意识到,脸上身上已被喷洒了一些受到惊吓的水珠。

我刚刚走过的小路,路边有茂盛的杂草,几乎掩盖了水管。而水管衔接口没有接严实,在汩汩冒水。那样多的水,统统流进小路去了。

走到胡同里的槐树边上,马上便到姥爷家,我突然看到了姥爷庞大的身躯。只只瞥到姥爷肥胖的背影,我就又退缩了,可耻地躲到树后(这株树果然已等待多时),不敢多看一眼。

不待多久,我探头探脑,等姥爷走了,才大胆出来。我看到了一块很大的空地,好似姥爷庞大的身体让出来的很大一块空地。很快我便发觉不对,这块很大的空地该是姥爷家才对。同时,我还在想姥爷去到哪咔儿了。难道是我记错了?我甚至怀疑,这里不是姥爷家的后院,是姥爷家前院的前面,因为姥爷家前院的前面确实空了

全家福

很大一片空地。

而这片空地，毫不干净，瓦砾遍布。再往前走，便能望见小山一样的垃圾堆。我不会爬这样的小山，也知不道该绕道左边还是右边。

两只吊颈大白鹅从垃圾山的右侧信步走出来。起初，我以为垃圾山往左挪了一挪。两只大白鹅嘎嘎走过了我，也嘎嘎走进了我身后那片空地。

我想我该走左边，不因为右侧有鹅，是因为我的左脚踩断了一截枯枝。也是这声咔嚓令我想到，这里应该真是姥爷家前院的前面。这片前面，荒芜已久。我向左望去，果然看到了姥爷家前院的前门，前门的门楼我认识，是我认识的陌生。看来是我操之过急，错过了去后院的第一个丁字路口，径直到了第二个丁字路口。

姥爷家的前院是二舅家，姥爷家的后院是姥爷家。前院通着后院，无论我到二舅家还是姥爷家，总走姥爷的后门，很少走前院的前门。

我毫不费力，进了前门。

我来得不是时候，二舅妗子他们正准备吃饭。表哥不在家。表姐看见我，扭头便喊，娘！她在喊妗子过来。他们应该刚刚上桌，妗子腰上系着围裙，便进门来了。妗子说，喊么子喊，吃了枪药了你。

全家福

妗子冷不丁看见我，说，啊呀呀，来得早不如来得巧，你可真有口福。

妗子搁围裙上擦了两下手，便把我往凳子上拎。妗子撒开了手，我才觉到她手上满是有点难受的潮湿。

二舅看见我，仿佛早知道我要来，镇定地说，麦生来了啊。我懦懦地喊了声，二舅。喊罢二舅，我觉着身上缺了一块，慌忙补救似的对妗子喊，妗子。

妗子笑吟吟说，外道了不是，今天你姐姐怎个没来？

我脱口而出，洋车[*]没气了。说罢一个想法冒了上来，我想姐姐并不是因为姥爷家太远了而是因为车胎没气了才不来姥爷家。我有理由怀疑车胎没爆，是姐姐故意放了车胎的气。

我说，姥爷不在家吗？

二舅和妗子不吭气了。表姐前倾了身子说，爷爷没在家——。妗子扽了扽表姐，表姐便是闭口了。我不明所以，同时又不敢确定。我想说我刚刚看见姥爷了，幸亏没说出口，因为我刚刚看到的不是姥爷从后院出来又回去，而是某个像姥爷的胖子，在前院前面的空地站了一会儿，又回自个儿家去了。

---

[*] 洋车：曹县方言，即自行车。

全家福

那是一个巨人。

看来姥爷有阵子没回来了。我知不道他们与姥爷怎么了。他们都不说话,好像姥爷刚刚死去,不准谈论。我也真的想象姥爷已经死了。我有种错觉,姥爷不死便对不住二舅一家。

盯着清炒丝瓜、凉拌黄瓜、西葫芦炒鸡蛋,还有馍筐里好些热气腾腾的馍,我突然被妗子的话唤醒。

妗子说,饿了吧,马上吃饭。

妗子绷着脸冲表姐努嘴。表姐便站起来,走到门口,悉数关了门窗。房间里很快暗淡下来。他们齐齐坐稳了,十指紧扣,闭上眼睛。他们突然的安静,很是来历不明。透过二舅的肩膀,我看到堂屋的正中,供着供果的供桌,高高低低挤满了祖宗牌位,香炉空空。我知道他们要干吗,也依样学样,闭上眼睛,十指紧扣。很快我便睁开了眼睛。他们还阖着眼,念念有词。

这时地球也一定停转了。我觉着我像个逃课的孩子。

满桌子饭菜,香气浓郁。我觉着满桌都是姥爷。我看到二舅妗子还有表姐甚至表哥(想象中的表哥)嘴唇抖动,他们不是在说:"我们在天上的父,愿人都尊你的名为圣。愿你的国降临,愿你的旨意行在地上如同行在天上。我们日用的饮食,今日赐给我们。免我们所欠

全家福

的债，如同我们免了人的债……"他们是在咀嚼，咀嚼姥爷，咀嚼丝瓜姥爷，咀嚼黄瓜姥爷，咀嚼西葫芦姥爷，咀嚼鸡蛋姥爷，也咀嚼馍馍姥爷。

实际上二舅和妗子对姥爷十分孝顺，分家以后，姥爷从不与二舅一家吃饭，便是因为饭前祷告。二舅则常常将饭菜端到后院送到姥爷面前，也不忘带给大舅一份，从无怨言。

他们睁眼之前，我下了板凳，跑了出去。路过窗户时，我先看到一瓶绿色的敌敌畏，瓶子底下垫着一本书。我拿起敌敌畏，瓶盖是红色的，还有半瓶在晃荡。我莫名想到，他们都闭了眼睛了，要是把敌敌畏都拌在饭菜里他们是不是也知不道。这个邪恶的想法，转瞬而逝。那本书的书角卷起，名叫《在希望的田野上》。先前我与表哥讨要过，表哥不与我，藏了起来。他藏在枕头下面，以为我知不道。

下了堂屋的阶梯（只有一级），转进通往后院的窄门，我蹚过一畦菜地，便来到后院。姥爷家的后院一个人没有，只只那条瘦瘦的黄狗，看见我便摇摇尾巴，冲了上来，不住舔我的手。我摸着黄狗的脑袋，说，好了好了，不要舔。黄狗还不住舔我的手。我摸出上衣口袋的红薯，掰了三分之一给了黄狗。待到黄狗囫囵吞了

全家福

去，我又掰了剩下的一半喂给黄狗。剩下的红薯，我重新放进口袋。黄狗很快舔净了，舔得我的手上黏糊糊的。

姥爷家似乎永远不会锁门。从院子里看着院门的背面，我走了过去，一拉门便开了。

出了姥爷家，我向东走了不上十米，转进一条向南的胡同。出了胡同，我看到一片开阔的平地，天光明亮。小山一样的垃圾堆，不知何故，竟然挪到我的右侧了。不用看，我便知晓，右边不远处，便是二舅家的前门。有点可笑，我该从二舅家的前门出来的，这样更近。

我可真蠢。稍待一会儿，我明白我刚刚并不蠢。我必须去了姥爷的后院，才能知道姥爷不在后院。我为什么不信妗子的话呢？

三只吊颈大白鹅（我知不道怎么会凭空多出一只大白鹅）在离垃圾小山不远处的空地上嘎嘎嘎边叫边走。我需要斜斜地穿过这一片空地往西南方向跑去，扎进尽头的小胡同。本来可以走直线的，我忍不住拐了一拐，去追慢慢腾腾的三只大白鹅。三只大鹅扑扇着巨大的翅膀，"嘎嘎"跑散了。拐回去的路上，我看到一根白白的羽毛，飘在我的脚下。我就这样来到了宽阔的街面上。

今天不是成集的好日子。（这个街面上，与太平镇一样，也是成集的街面。）姥爷的代销点闭着门。我来

全家福

到门脸边上的戏园。戏园荒废已久,蒿草过膝。一排排水泥砌的墩子,又长又多。甚至水泥裂缝里也支棱出了几根马蜂菜和狗尾巴草。到了前面便是戏台子。戏台子上盖了个角楼。平日与姥爷凑数下象棋的老胡也不在。

出了市集,我便跑出李进士。过了河,我沿着河边走。不久,果然在河边看到姥爷。姥爷坐在河边的田埂上。绕过了一口枯井,我来到姥爷边上,陪姥爷坐下。

姥爷赤着脚,裤角卷在小腿上。姥爷的鞋子知不道去了哪哈儿。姥爷一定下过河了,否则姥爷为何脱掉鞋子,难不成是买不到合适的鞋子?

姥爷似乎没看见我,更像是忘了鞋子的故事。

姥爷看到我之前,我先看到了姥爷。我没法看不到姥爷。姥爷走路不稳当,一只脚高一只脚低地走,晃晃荡荡。爸爸背地里开玩笑说,姥爷一瓶子不满半瓶子晃荡。爸爸说的不是姥爷的为人,爸爸说的是姥爷走路的样子。姥爷走路不快的时候,也看不出来,像个好人那样一步一个脚印,一点也不费劲。

看到我蹲在门口,姥爷说,你娘咧?姥爷说,你爸咧?我说,知不道。我真知不道他们做么子去了。姥爷

全家福

见我忙个不休,问我,你在做么子?我说,打地洞。当时我正在挖洞。我先挖了个圆坑,再从一边掏出一个小洞,便造出一个小小的灶台。姥爷走过去了。姥爷又晃了回来。姥爷问我,要不要跟我走一走?我问姥爷,走么子?姥爷说,就随便走一走。

我跟在姥爷后头,两手都是泥。姥爷向西走去,我也向西走去。我们路过卫生院,我们也路过粮所。粮所比卫生院大上许多许多。这会子还有零星交公粮的人。他们拉着地排车,车上都是一袋一袋的麦子。

再往前便是乡政府大院,姥爷没走到那里,刚刚走过美美照相馆,姥爷便停住了。不过,美美照相馆是在柏油路的对面。美美照相馆斜对面是个烧饼店,走过烧饼店姥爷拽我进了林家鞋铺。铺子里头琳琅满目地摆了各式各样的鞋子。

姥爷几乎把这个小小的铺子撑破了。悚然站起来的老板,被挤到墙边去了。老板是个瘦小、孱弱的妇人,现在看起来,她的瘦小和孱弱都是被肥胖的姥爷挤的了。看过自己这双穿旧的白球鞋,我狠狠地瞪住这个老板。我永远记得她叫桂枝。

桂枝与姥爷说,买鞋啊?

姥爷说,我取鞋。

全家福

桂枝说，什么时候的鞋？

姥爷说，就是前几天，定制的鞋。你忘了吗，最大码恁个。你们这哈儿没有这样的大码，专门定的一双鞋。该昨天取的，拖到今天才来。

桂枝说，啊，就是那双布鞋是不是？姥爷说，没错，就是布鞋。姥爷补充了一句，黑色条绒的。

桂枝说着，掀开布帘，走到里面去了。出来的时候，桂枝递给姥爷一双新鞋。鞋子外面包了一层薄薄的白纸，并且用麻绳绑着。桂枝说，昨天等了一天的，你都没来，以为不要了呢。

姥爷说，怎能不要呢，抽不开身。

姥爷拆开麻绳，拿掉裹住鞋子的白纸，定定看到两只新纳好的布鞋，千层鞋底煞白煞白。姥爷啧啧称叹，与桂枝说，我穿下试试。

桂枝搬来一个马扎，放到门边，说，你试你试。

姥爷缓缓坐到马扎上。姥爷穿鞋的时候很是费劲，大口大口地喘气。一定是鞋子不合脚，不然姥爷的后背不会倚到门板。姥爷与门板都嘎吱乱响。姥爷一只脚穿好鞋子，踩在原来的鞋上，一点没感到不合脚。

姥爷换上第二只鞋之前，鞋铺里突然暗了一下，走进来一个人。

全家福

这人站在姥爷边上,瘦瘦高高的,像一根竹竿。因此,我总觉着他不是走进来的竹竿,是一直站在姥爷边上的竹竿。姥爷没看他,我也想跟着姥爷不看他。那人突然说,你们公粮交过了吧。

姥爷说,早交过了。

那人说,今年你交了多少?

姥爷说,比去年多点。

那人说,今年收成本来便不好,交了公粮没剩多少粮食了。

姥爷说,谁家不是呢。

那人说,他妈的他们不要我的,嫌我给的是瘪麦子,叫我拉回去,再重新拉一车过来。今个一早我就眼皮子跳,他娘的,狗日的粮探子插进去我也七上八下,就知道要出事,果然就出问题了。真他娘的倒了八辈子血霉。

姥爷说,谁家不是呢。

那人看看姥爷,说,听说你家的麦子比别家收成都好。姥爷说,还成还成,是麦种好。

那人说,你用的哪个麦种?

姥爷说,龙府1号。隔了一会儿,姥爷问,你用的哪个?

那人说,鲁麦15。那人接着说,你这个麦种能不

全家福

能也给我留一袋,还有吗?

姥爷说,管*是管,你得快些,就快没了。

那人说,那成,我明天就去。

姥爷说,成。

那人听罢,转身便走,出了门口,突然扭头与姥爷说,那说好了啊。姥爷摆摆手,好像直接把那袋麦种摆到他家里去了,不用他明天过来了。

我知不道姥爷的这双大脚怎么穿上第二只鞋的。姥爷穿第二只鞋比穿第一只鞋还费劲。姥爷穿好以后,没有起身,就坐在马扎上,小心地在两只旧鞋上踩了踩。姥爷一阵欣喜,用两只新鞋将旧鞋撇向一边,用力跺了跺脚。还挺合脚,姥爷说。姥爷两只手摁着膝盖,想要站起来。姥爷太过肥胖了,伸出一只手掌扶到边上的门框,才慢慢站起来。

姥爷在铺子里走了两步,我惊奇地发现姥爷不跛脚了。姥爷像个孩子一样,很兴奋地说,哎,这两只鞋看起来还真配啊,穿起来一点也不像两只鞋,好像它们两个从一开始就是一双鞋啊。

我很纳闷,与姥爷说,什么叫看起来像是一双鞋,

---

* 管:曹县方言,"可以、行"的意思。

全家福

这本来就是一双鞋啊。

桂枝亲切地弯下腰，说，小朋友，要不要也买一双新鞋子呀？我丢了一句"我不要"，转身跑出鞋铺。

我赖在烧饼铺子门口不走。姥爷轻快地走过来，买了一个烧饼给我，说，吃吧吃吧。看来姥爷心情不错。

我跟在姥爷后头。姥爷走起来太平多了，我稍微有些不习惯。姥爷腋下夹着他的旧鞋。姥爷的鞋子太大了，像是两只小船，交替向前。姥爷明显比来的时候走得快多了，忘了我还跟在后面。我不得不小跑才能跟上姥爷。

走在我前面的姥爷，像是换了一个新的姥爷。我咬了两口烧饼，再走几步，终是发现了问题所在。从后面才能看出来，这两只布鞋的鞋底不一样，一只鞋底厚，一只鞋底薄，似乎不是一双鞋。原来这才是姥爷定制布鞋的原因。不是因为鞋码大，而是需要鞋底的厚度不一样。

我与姥爷坐在岸边，身后发烫的太阳，几乎要把我们推下河了。如果河流有水，河水应该是清澈的、发绿的，叮叮咚咚地徐徐向前。

已经连续四十天没有下雨了，姥爷说。姥爷不说，

全家福

我不会意识到大地渴到几乎冒烟了。姥爷说,花生就要旱死了。现在的天气太旱了,本来需要浇地的,但没有办法,别说河流,就是井里头,也快把水抽干了。姥爷抽着旱烟,坐在岸边,说,世界好像出了差错,老天爷好像忘了,想不起来下雨了。

姥爷总没精神的模样,像一摊烂泥。姥爷好像在难过,却没哭。又有什么办法呢?姥爷说,再不下雨,花生都要旱死了,到了十月,啥也没有了,那样一来,过不多久,我们就会饿死的。姥爷总是这样,夸大其词。

尽管姥爷坐在地上,我还是觉着姥爷身躯巨大。姥爷的裤管也有些大。裤管磨损的地方起了一些小球,也挂了几只苍耳。我几次想伸手将苍耳摘下。

姥爷不该种花生的,边上其他田地,差不多种的都是玉米。起码,玉米比花生更耐旱一些。玉米是饿,而花生则又饿又渴。

姥爷好像总是害怕饥饿,姥爷似乎被过去饿怕了。

姥爷说,这下好了。你看看老天爷,一点雨也没有。一点要下雨的迹象也没有。老天爷啊你在想什么呢?现在天上下的是什么呢?什么也没有。就是不下雨。干旱简直望不到尽头,从四面八方,统统涌了过来。姥爷说,他要是有把盒子枪,就朝着天上砰砰砰打上三枪,把老

全家福

天爷打成个筛子，叫它漏点雨下下。

我跟着姥爷看天上，阳光真是刺眼呀。姥爷说，看来下不了雨了，现在下的不是雨也不是光，简直是刀子，是干旱，是嘴巴，哗哗地从天上直直地灌下来。

落到地上的饥饿，都是嘴巴。你看见了吗，大地之上满是嘴巴，张开的嘴巴，青蛙一样呱呱乱叫。

姥爷高大肥胖的身躯堆在那里，一点也耐不住。姥爷定定地看着河床，河床龟裂。姥爷一步一步走下去。我跟着姥爷来到河底，杂草丛生。姥爷跺了跺坚硬的河床，河床很是坚决，也很稳固。

如果没有旱魃，河水不但蒙了我，也将蒙了姥爷。站在河床上，我努力装作站在水里，衣服也都湿透了，前胸和后背都是湿的，河水在脑袋上方流淌。

姥爷说，河里要是有水就好了。有水就能浇地了。那样庄稼便不会旱死了。姥爷说，河里要是有水就好了，有水就能乘船过河了。这小小的河床不但没有水，也没有船。

我终于理解姥爷为何赤脚，并且卷起裤腿了。姥爷是想让他的双脚相信河流有水，就像祈雨，用赤脚召唤河水。

我与你说过我过河吗，姥爷说。我知道姥爷又要讲

全家福

他支前淮海战役了。当时不但姥爷，许多人也都去了，给解放军送粮。开始姥娘[*]不让去，家里就姥爷一个壮劳力，走了家里的地便荒了。姥爷执拗，跟着庄长推着小推车送小米。姥爷说半路遇着老蒋的飞机投炸弹，有个炸弹搁他边上爆炸了。有人害怕跑回来，姥爷不害怕。回回说起，姥爷脸上便是一阵潮红。小米送到了姥爷也没回来，又去抬担架。把伤员从前线抬回来。哪回都是待到夜晚才过河子，过了河子才能到野战医院。这个河子是个么子河？是个黄河子。你没见过黄河吧。黄河那浪可恁大，人家都说黄河在咆哮，掉进去便是没个影。姥爷编在一队，领命队长。那天很险恶，一队遭到枪击，姥爷他们趴在草丛里躲到半夜，才匆匆走掉。

到了岸边，姥爷掏出盒子枪，推上子弹，对着老天爷砰砰砰连放三枪。一会子便从南岸划来一只小船。到北岸还有一丈远，船便停下来。

艄公问：口令？

姥爷说：过河。

艄公问：到哪去？

姥爷说：到对岸。

---

[*] 指外婆。

全家福

艄公问：为何夜渡？

姥爷说：为了明天。

到了明天，姥爷才发现他的腿上中了弹。待到伤好回了家，走路便一瘸一拐是个跛子了。

姥爷讲完了，抬起头来，好像刚刚从解放战争中抬起头来。我看到姥爷的脸漂在解放战争上面，不住浮动，也把我蒙了。时至今日，我总算明白，这条河里之后流淌的河水便是解放战争。姥爷忍不住喃喃自语，为了明天。姥爷说罢蓦然看见了我。姥爷仿佛刚刚看见我，但是我已经掉身离开，像个刚刚路过姥爷的路人。

我终是没能开了口，临走前，与姥爷说，姥爷，我走了。姥爷看着我，忘了刚刚与我说的话。姥爷本来有机会说，小啊，你啥前儿来的？但他错过了，于是，姥爷无奈道，小啊，你到哪里去？

我仓促扭头与姥爷说，到明天去。

说罢我便要上坡，上了坡便是出了李进士。好像上了坡便是明天，然而，我上坡的每一脚都异常艰难，随时都有仰起的坡度想将我撂翻。

我知不道该到哪里去。

上到坡顶，便是两头都通的柏油路。紧紧傍着柏油

全家福

路的河岸也向两头无情延伸。柏油路好宽,柏油路也好远,远到两头都使不上劲。

我跑在柏油路上,知不道到了哪里,只能看到前方晃晃悠悠的路面,发着白光。超过我的三轮车和自行车赌气似的一下子没了踪影。

这条路有一段弯来弯去。这些弯路,远远看去,弯曲得可厉害了,待我跑近,弯曲又奇迹般挺直起来。

我走在路边,几番机动车的声响远远传来,我转身拦车,没人停下。走到一个陌生的路口,我终是拦住一辆载满棉花的机动三轮车。司机其次才是个司机,他首先是个农民,与爸爸妈妈一样。这个农民没有熄火,在隆隆的声响里,大声地问我,你去哪哈儿?我说,到菏泽。农民说,我不到菏泽。随即,似乎是可怜我,农民说,怎么就你自个儿,你爹娘呢?我说,我就是到菏泽去找他们。农民说,那你上来吧,我只能拉你到定陶,我就到定陶,过了定陶你要自己过去了。

驾驶座只能坐下一个农民。我抓住紧巴巴的麻绳,爬到车斗后面高高的棉花上。抓结实喽,农民头也没回地说。而后,他启动三轮车,开了出去。我的身体朝后仰了一仰,叫我看到蔚蓝的天空和棉花一样的白云。我努着劲俯身下来,紧紧地抓住比棍子还硬却弯曲的麻绳。

全家福

三轮车开得稳当，架不住柏油路蹦蹦跳跳，我坐在棉花上面也跟着跃跃欲试，牙齿咯咯打架。坐久了，我便觉着自己也是棉花了，不过，我是实心棉花。坐在高处，我看到前方的道路不但蜿蜒曲折，也高高低低。开始的道路我还知道，这里去过，那里走过，后面便什么也知不道了。两边的平原，也紧张兮兮地抖动，说不定哪里很不自在地胀出一个坟包，很快便一动不动地躺在那里了。

三轮车的蹦蹦跳跳更多了。我又仰脸看到天上一团一团的白云，似乎一动不动。如果农民拉的是一车打包的白云，我便是坐在一团一团的白云之上，蹦蹦跳跳了。

拐到更大的柏油路，三轮车又跑了好大一阵，不时有货车呼啸着超过我们。我更加知道这是大大的柏油路了，比我见过的所有道路都宽。

农民在一个很像路口的路口停下，这个路口与其他路口也很像。我从上面秃噜下来。农民告诉我，往前不远，便是定陶了，我不能再走了。他与我摆摆手，便隆隆开车走了。他刚刚下到土路，车后簇起一阵烟尘。

这个下午出奇地安静，阳光也好得过分。我跑了一阵，两旁的平原没有动静。我再跑一阵，知不道到没到定陶，平原看起来毫无变化。下了柏油路，拐进东面的

全家福

小路，有个人的影子出人意料地跑到我前面，几乎要贴地飞翔了。不用猜，那一直是我的影子。

穿过一片杨树林，我莫名来到铁轨边上。现在我知不道该往哪个方向走，因为火车道有两个方向，哪一个方向都能走出这里。我小心地踩在枕木上，跳着走，不时掉下来，踩到碎石上。走不多久，便看到一个卖冰棍的女人。

她是那样肥胖，也不骑车，就推着自行车，走在铁路边上。她自行车后座载着的白色泡沫箱子灰不拉叽，不太干净了。箱子里面定然裹着两层厚厚的棉被。这样的箱子，里面通常装的都是冰棍。每次看到卖冰棍的，我总奇怪，棉被能够保温，裹得越严实越暖和。为什么用棉被把冰棍裹了起码两层，没把冰棍焐化，反是越焐越冷呢？这个问题总叫我想不通。

她走路也不快，却很快超越我了。走不上几步，她便停了下来，不多会儿，她又走动起来。她走走停停，像是故意等我。等我走到她边上，她亲切地问我：小朋友要不要吃冰棍？我也不做声，只是摇摇头。她有些顽固，再次问我，一个人跑到这哈儿干么子呢，荒郊野地的。

我乜她一眼，习惯性地摇摇头。我的意思是，我不

全家福

去哪哈儿。而后继续走。我看了看她，以为我说出了这句话，没意识到我没说出来。

她说，小朋友，你家哪哈儿的？

我说，平原的。

她说，哪的平原？

我说，太平的平原。

她说，太平离这好远，你怎么来的？

我走在一根一根枕木上，严格说，我的步子没有那样大，我是跳过一根一根枕木。每跳向下一根枕木，我便鼓起足够的勇气。我再次鼓足勇气说，走来的。

不要走在铁路里，她说。

我看了看遥远的铁轨，非常直的铁轨，没有一处弯曲，几乎是漂浮在平原之上。我依旧走在铁轨里。我期待有火车开来，哪头开来都好。

她说，你这是要去哪哈儿？她等了一会儿，说，是要回太平吗？

起初，我没注意，待她顿了一下，慢吞吞说出后半句，我才想到她是怕后半句惹我生气才说得小心。我好像知道她的想法了。因为怕我生气，她可能在猜，猜我离家出走。她的后半句不是问句，而是劝我回家。我说，我不回家。

全家福

她说，小朋友知道这是哪哈儿吗？

我的抗拒心理有些缓解，甚至有些心急地问道，哪哈儿？

她说，这是屠头岭。

我说，屠头岭不是在定陶吗？

她说，屠头岭也是曹县，不是定陶。屠头岭在定陶边上，你再往前走便到定陶了。

我说，过了定陶便是菏泽吗？

她说，过了定陶便是菏泽。

我突然激动起来，说话也不自觉大声了。我飞快地问她，连我自己也没听清，她却听见了。我问：那是不是快到菏泽了？

她说，到菏泽还早呢，还有好远。

我泄了气似的，双腿发酸，几乎软下去，要倒掉了。我尽力撑住，沮丧到绝望地问道，那有多远？

她说，你问菏泽做么子？

我说，没么子，随便问问。我怕说错话，就再不说一句。

我闷葫芦一个，又走了一阵，突然跳过下一根枕木，双脚齐齐落在石子里头。我踩着碎石，继续闷头走。我几乎没有力气，也没有勇气了，我不再计较是否每一步

全家福

都踩中枕木，而是走在石子里，枕木反倒成了我的阻碍。走不上两步，便遇到一根碍事的枕木。我开始讨厌起枕木来了。

不要走在铁路里，她又说了一遍，待会火车来了。

我抬头看看，两头都没有火车要来的迹象。我期待的火车像是不来了。只有火车道接力一样从远方一截一截传过来。无论哪一截火车道都比火车快许多，也漫长许多。

因此，我没有听她的话，我走我的，她走她的。我不明白，她的步子为么子总是迁就我。她再次主动与我搭茬：小朋友知道屠头岭，很厉害哟。

我说，我有个姑姑就在屠头岭。

她明显地兴奋起来，眼睛也变得明亮，说，你姑姑叫啥？

我说，知不道。

她说，那是你姑姑唉，怎么能知不道。

我说，知不道。就听我爹讲过一次，说是屠头岭有个姑姑。我没见过我姑姑。我说话的口气，好像整个屠头岭没有别人，只有姑姑一个人。

她说，你爹叫么子？

我说，赵立人。

全家福

不待一会儿，她说，你姑姑叫赵立萍吗？

我被问住了。我的两只手知不道该放哪哈儿，也知不道姑姑该不该叫赵立萍。我便弯下腰，捡起一颗石子，紧紧攥住。攥得手疼了，就尽力扔得很远很远。其实，扔不了多远，我听到石子蹦了两下便没有声音了。我分辨出第一下石子沉闷地撞在了石子堆里，第二下石子清脆地撞在了铁轨上，第三下什么声音也没有，应该没入草丛了吧。我找不见石子扔到哪哈儿去了。于是我说，知不道，没听我爹说起过。

我跳上了铁路右边的单条铁轨，支开双臂，以防失去平衡。我小心翼翼地走着，故意放慢脚步，好叫这个女人尽快超过我，离我越来越远。很可惜，她始终与我并肩走，为此，她付出了比我更慢的努力。我们相安无事地走了一阵，我不慎滑落了一只脚。我的身子也趔趄了一下。她责备地说，我说不叫你走铁路吧。我没理她，尽力把脚下两边当作万丈悬崖，掉下去我便拍扁了。这样的想法，更叫我摇摇晃晃了。我终是失败了，一只脚崴进石子堆里。

这里的石子那样多，总有一颗石子是崴进姥爷鞋子里的石子吧。

她突然说，小朋友你一个人在这里太危险了，跟我

全家福

回去吧，去你姑姑家。

我看了看她，迷惑地说，你认得我姑姑？

她睁大了眼睛，说，何止认得，我便是你姑姑啊。

我大吃一惊，不敢相信，说，你真是我姑姑？

她说，对啊，我就是你如假包换的姑姑。

我说，你有么子证据，证明你是我姑姑？

她说，我是赵立萍，你爸爸不是叫赵立人吗？如果你爸爸是平原的赵立人，我就是你姑姑。

我还是不信，我说，怎么能这样巧，这样巧碰见姑姑。

她说，你要不信，跟我去屠头岭，到了姑姑家里，你就知道了。

我居然心动了，我说，真的吗，你真是我姑姑吗？

她说，跟我走吧，到姑姑家去。

怎么会有这样巧的事，真叫人惊讶。随便走个地方也能遇到姑姑，好像天上掉下个姑姑来帮我。这叫我想起爸爸老说的话，"冥冥之中自有天意"。天意不用来下雨，竟用来下了个姑姑。姥爷知道了，又该担心了。我比姥爷更担心，担心她不是姑姑，抬头看到她走得远了些，我几步追上来，又开始轻信她是我的姑姑了。

我不自觉地跟在姑姑后头，控制不住地慌张，紧张到手心冒汗。我怕她真是姑姑大过怕她是骗子，也从没

全家福

想过她是骗子的后果。没走多远，姑姑突然转过的脸惊动了我。我与姑姑隔得不是很近，也远不到哪里去，是那种我们刚好是姑侄的距离，没有亲密无间，又有血缘拉扯。

就这般走着，我们两个人都是，没有刻意接近，也没有离开更远。仿佛她不是我姑姑了，而我也忘了她是我姑姑。在离我俩都不远的地方，就在她脑后的上方，应该是气球飘浮的位置，飘浮着一个姑姑，由她牵住，也供我瞻仰。

她终于想了起来，隔着不远的距离突然停住，从自行车后座四四方方的泡沫箱里，拿出一根冰棍，递给我。

她说，吃冰棍吧。

我眼睁睁看着，没有伸手去接。她几乎要塞我手里了，说，吃吧吃吧。

我想吃，甚至不自觉咽了一口唾沫。我还是没有接。

姑姑说，拿着快拿着，再不吃就化了。

我慌乱地低头，也不走了，脚尖顶着脚尖。

姑姑说，不吃吗？不吃我放回去了。

她明明是吓唬我，待我抬起头，却真就放回去了。我心内反而后悔起来，几次想开口要，终究没敢说。我甚至主动下了火车道，跟在姑姑后面，再次后悔刚刚没

全家福

接冰棍。

我们走了许久，有火车开过来。火车来晚了，晚到根本担负不起姑姑警告的危险。火车也没有太晚，至少还能致以晚点的恭喜，恭喜我找到了姑姑。

早在走上火车道之前，我便看到了那柱大烟囱。那柱烟囱是那样巨大，无论我走多远，走多近，那柱烟囱终是那样巨大。并且无论从四面八方哪个地方都能望见那柱毫不费劲的烟囱。

累了吧，马上便到了，姑姑亲切地说。姑姑指着不远处高耸入云的烟囱说，喏，看到那个烟囱了吧，就在那里，很快便到了。姑姑开了话匣子，也不问我意见，自顾自说，本来我从没想过要卖冰棍，一天也卖不了多少。你看到那个烟囱了吧，那个烟囱便是烧砖的窑厂，我原来是窑厂的。没想到吧，一个妇女也能去窑厂烧砖，那也确实好累。屠头岭的窑厂你听过吗，应该听过的，没听过也没关系。我是我们厂里干活儿最卖力的，我们工资计件，拓坯、晾晒我都在行。烧制就不归我了。烧砖是个技术活，火大了火小了都不管。烧老了，烧成琉璃了，这一锅便烧坏了。所以，我只能拓坯了。拓坯也要技术呢。当年窑上还办比赛，那个热闹嗬。也不是窑上不要我了，就是不能烧砖了。谁知道呢，就是不让烧

全家福

砖了。说是土地资源浪费，挖土太多了，就不让烧砖了。你说谁家盖房不用砖，不烧砖用么子盖房呢。谁能想到土也是一种资源，跟煤和石油一样了。这样一来，我便无事可干了。窑厂都倒了，去哪哈儿干呢。窑厂倒都倒了，烟囱还杵在哪哈儿，跟个大傻子似的，你说好笑不好笑。

这是一个没有外人的地方，外墙便是红砖砌就（存心与姑姑作对似的），铁锈的大门吱呀发抖。铁门大开，好像等我许久了。姑姑仿佛专门捡了这样一个瘆人的院落，一进门便见到许多纸扎。纸马、纸屋、纸人、纸轿子，各色各样，应有尽有。这是一处纸扎铺。姑姑要买纸扎吗？

开始还好，进了门才觉察到，空气里满是腥味。院子内墙布满青苔，搁着地排车的下盘，那便是车轮。进到屋里，堂屋正中靠墙的条案摆着木牌灵位，一鼎小香炉，两只供碗，碗里盛着水。不远处，多出了一张桌子，也多一把椅子。这是一把奇怪的椅子，与我等高。转角走过去，索性看到一个孩子，慢慢向我走来，走到不能再走了，我俩只好脚抵脚头碰头了，我贸然喊了一声，声音低在肩膀以下。这个对面抵住我的孩子只是我，我终于看见我了，有那么一瞬，我以为我是被我喊出来的。

全家福

而这不过是一面镜子。

这里便是姑姑家了吧,我想。

有人吗?我以为又是我喊,我想再喊一声时,才发觉那是姑姑在喊。没人回应,穿堂风从背后吹来。

没过多久,有人从背后走来。

这是一位我从不认识的女人。看起来,她与姑姑差不多大。她那爽朗的大笑和走路的姿态,一下便区分了她与姑姑。她说,什么风把你吹来了?她在努力不让自己别扭。知不道为什么,我想拔腿便逃。虽然她是与姑姑说话,看起来我不过是个透明人,她也完全看不见我,但实际上她的克制早已紧紧捉住了我。

然而,她们两个又似乎完全忘了我,因为她们尽情地寒暄,热情而浓烈,恨不能把对方的话也夺过来替她说了。我觉得她们是在比赛,比赛到底谁能撑住不闭嘴,比赛谁能比谁说得更多。

知不道过去多少辰光,她才恍然大悟一样,啊呀看我这脑子,你们渴了吧,我去倒杯水。她说话比刚刚不自觉地更大声了一些。

我在躲女人,也在躲姑姑,因此,意外撞了一下椅子,我也躲起椅子了,然后,我再次看到那个孩子了。这是个有些脏乱的孩子,头发蓬乱,褂子和裤子都垮垮的，鞋子也脏。与刚刚一样，有那么一瞬间，我没想起这个孩子就是我。几乎同时，我也再次没想起这里还有个镜子呀。

姑姑忙忙说："啊，不用了不用了，我今次来……"一把拽我过来，与她耳语几句。女人听着，偶尔瞟我一眼。

我紧张起来，有种想喊妈妈的冲动。起初我知不道为什么想喊妈妈，过后许久，我才明白我应该想喊救命，因为情况紧急弄错了。

女人毫不知情，俯身过来。她在随意弯曲，明明只有肥胖的腰肢在弯曲（她并不肥胖，只有腰肢肥胖），她的随意却显得她哪哪都在弯曲。叫我站在那里，无辜得像一根干柴。

女人问，你叫么子名字？

我说了。

女人问，你爸爸叫么子？

我说，赵立人。

女人扭头看看姑姑，说，这便是了。女人扭头与我说，我的小哎，我是你姑姑呢。

我大为惊讶，不得不去看她身后的姑姑。姑姑却鼓励地点点头，我有些不知所措，惊慌地说，你不是我姑姑，我姑姑叫赵立萍。

全家福

女人道,对嘛,我便是赵立萍。

我再次望向站在后面的姑姑,向她求助。第一个姑姑说,傻孩子,这才是你姑姑。我要是不诳你说我是你姑姑,你怎么肯与我来?

那第一个姑姑把我留在了姑姑家里,便先自走了。她走了许久,我再次环顾一周这个家,和这个家的物什、家具。这个家委实有些太大了,我心生惧意。不过家具都很旧,是用久了那种旧,跟房子长在一块儿了。那个姑姑走了许久,久到我再也不想想她了,可我仍然忍不住想她,想她也应该是这个房子的一件家具,因为我仍然觉着那人是我姑姑,眼前的赵立萍则是假姑姑。而这个家则不然,我已先入为主地认为这是姑姑家。我深深觉着赵立萍与这个姑姑家是如此的不和谐,与堂屋墙壁和家具统统闹僵了,比我还要别扭。

想到此,我警惕起来,觉着我被姑姑拐卖了,觉着赵立萍不但是假姑姑,甚至是人贩子。我茫然四顾,却也不敢表现出这份忧惧。于是当赵立萍唤我名字时,我忍不住一阵哆嗦,喏喏应声。

赵立萍道,你去铁路那边做么子?

我本想胡乱支应,支吾半晌,遭不住说了实话,我要去菏泽。说出口以后,很骄傲似的,好像菏泽就是北

全家福

京,就是那个很大很大的地方。

赵立萍说,去菏泽做么子?

我说,去找爸爸妈妈。

赵立萍说,你爸爸妈妈不在家吗?

我不吭气,不是我不想说,实在是知不道该怎么答。

赵立萍终于想起她是大人了,担负起姑姑的责任道,不要老想玩,老想跑到城里去玩。城里有么子好玩,不是楼房便是汽车,没个站的地方。你这样乱跑,跑丢了可咋办嘞。

我委屈巴巴地说,我没有。然而,我没有意识到,从这一句开始,我内心深处竟然不自觉地承认她是我姑姑了。

赵立萍说,你没有……怎么跑到这哈儿来了?

那天下午,我站也不是,坐也不是,走也不是,不走也不是。一转眼,我再次看见院子里的纸扎,纸马、纸屋、纸人、纸轿子一字排开。而姑姑不是窑工吗,姑姑为么子要扎纸扎?我到现在也还没法转过这个弯,甚至把我弯到岔路,觉着世上所有房子都是纸做的,人马车轿也是纸做的。

这要是个纸做的世界该多好。

全家福

姑父从院子里走进来，我有些恍然，以为是那其中一个纸人经了阳光一照，闪了一闪，排开众纸扎，走了过来，进到堂屋里。姑父敞着怀，赤着两只脚，一只裤腿挽到膝盖，另一只裤腿挽在脚脖，已是湿了。湿掉的那条腿有些瘸（好像湿掉的纸腿来不及变成姑父便走过来了），不是很明显地一拐一拐。姑父刚刚进来，赵立萍便问姑父，你脚怎么了？姑父说，摔了一跤，不打紧。赵立萍待要发作，姑父抢先看见我，便说，这是哪家的小孩，像个呆瓜。赵立萍登时嗔怒，说么子呢！

他们问我饿不饿。我没有说话。他们认为我不好意思，便认定我饿了。他们应该早已吃过午饭，但晚饭还要等好久，又怕我饿着，临时做了一餐饭。他们劝我多吃。我不饿，几乎一口没吃，只眼睁睁瞪住一盘炒螺蛳。赵立萍看在眼里，说，你要吃这个吗？这是你姑父下午搁河里刚捞的，趁热吃。说着她便将盘子移到我面前。我纳闷说，河里不是没水吗？姑父说，你不懂了，没了水才好捞螺蛳，都搁淤泥里窝着呢。我想吃螺蛳，又不敢吃螺蛳。姑父不由分说，硬给我吃。我拗不过，硬着头皮嘬了一个。吃时我还安慰自己，就吃一个，也就一个，应该没事吧。我怕吃螺蛳吃到头霍然掉了。

老早时候，听爸爸讲，从前有个小孩螺蛳吃多了，

全家福

因为螺蛳里有寄生虫，堵在喉咙下不去，再以后，不管这人吃么子都饿，因为吃进嘴里的东西都被这寄生虫吃掉了。时候一长，寄生虫连脖梗子也蛀空了，他就变作瘦巴巴一个，整日顶着硕大的脑颅，摇来摇去。不一日，他不听话，他爸生气打他一耳刮子，他的头霍然就掉了。

赵立萍问我，你跑恁远找你爸妈干么子？

我嚼着螺蛳，本来想说照片的事体，但是，只吃一个也吃得嘴上挂油，我怕说的话出溜滑倒，更是麻烦，左右解释不清楚，于是我说，交学费。

赵立萍说，你学费没交吗？

我点点头，没有吭气。

赵立萍说，你学费多少？

我说，还差二十。

赵立萍低下头不说话了，隔了许久，才道，快点吃，吃完早些回家。

我想说，我不回家，我要去菏泽。但我没有说出口，菏泽卡在喉咙没有说出口。菏泽和刚刚咽下的螺蛳一同卡在喉咙了。

是啊，我不能永远住在姑姑家。我知道我要走，知不道什么时候该走。我没觉着我要走，却被赵立萍在门口捉住。我重新回到堂屋许久了，有那么一瞬间我疑惑

全家福

我在哪里,我先是认为我抢了椅子的位置,接着我想我是一把椅子。我的迟钝,让我慢慢意识到只是椅子蔓延到我身上来,并且将我淹没。我完全没有想过,我不过是坐在椅子上。

赵立萍平白抱来许多衣裳。赵立萍说,这都是你表哥的衣裳,他都穿不住了。赵立萍不由分说拉开我的书包,我被吓住了。赵立萍以为我嫌弃,解释说,都是洗干净叠放起来的,现在看还像新衣裳。我没料到会莫名其妙多出一个表哥。我怀疑赵立萍为把这些不要的衣裳硬塞给我临时编造了一个来历不明的表哥。赵立萍牢牢拉住我,简直像是提溜起了我。赵立萍从后背不停地往我身体里塞衣裳。这些衣裳一股脑挂在我的后背,很重很重,好像我是个驼背。我的书包就是这时,出其不意从我的后背变了出来。

先前我从学校出来,一直背着书包没有放下。鼓鼓囊囊的书包,挂在我的后背,除却很重,也突然慎重起来了。

赵立萍领我走进一条昏暗的小胡同,两旁的墙壁因为有树,显得格外的斑驳,映着遥远的犬吠,直至胡同的尽头。翻过篱笆,来到村里的前街,一路走去,在第

全家福

一个十字街口左转，我再次看见那柱巨大的烟囱了，好像是那柱烟囱帮我们转到了左边的街道。现在我有种错觉，这个巨人一般的烟囱就在姑姑家，然而我在姑姑家非但没有见过这个烟囱，甚至在姑姑家的时候把烟囱忘了个一干二净。我这个傻子。

走不上几分钟，赵立萍率先扎进荒草丛生的树林，树下那些胡乱开着的红色或者白色的小花一脚便能踩碎了。穿过这片树林，赵立萍与我来到高人一等的柏油路边。

柏油路总是弯曲的，柏油路不是从路的尽头出现的，而是从弯曲里拐出来的。

可见事情到了无可挽回的地步，才叫我与姑姑先自看到他们。

道路尽头，突然冒出一群人，几乎是村里的人全都来了，挤挤挨挨。男人的叫声、妇人的骂声、孩子的哭声，无不响彻天际。

待到他们来到近前，姑姑拉了我一退再退。在他们后头便是好些神仙。可以说我先自望见了他们。他们个头高高，边跳舞边向前走，一刻也不停歇。神仙老爷踩着高跷，几乎没有身子，只是戴着巨大的面具。那面具五颜六色，泾渭分明。有些神仙我不认得，是那长胡

全家福

子和大红脸还有身着破旧衣裳的和尚（摇着开裂的蒲葵扇）；我最认得的是唐三藏、孙悟空和猪八戒，我只纳闷为何没有沙和尚；再往后认出一个铁拐李，我便知道这一群是八仙过海了（我数不过来有没有八个，他们便跑过去了）。他们后面便是呼儿嗨呦的许多汉子，足有七八个，赤膊拉纤，后头便是一只大船。船头有男孩女孩高高举了柳枝，船尾也有男孩女孩把柳枝压在后头。汉子们喊了几阵号子，"呼儿嗨呦"，便是喊："今日雨，其自西来雨，其自东来雨，其自北来雨，其自南来雨。"

我看到大船在柏油路上拖行，行得很慢，也摇摇晃晃，便是有水从船里泼洒出来。原来船里盛了水的，船舱里则碧波荡漾，涛声阵阵，犹似装了一瓢大海，泼洒了一路。

这场游荡，浩浩荡荡闯了过去，我和姑姑像是洪水过境后的石头，突兀地冒了出来。姑姑离我有八辈子之远了，看见我后慢慢走了过来。我问姑姑，那是什么，是游神吗？姑姑安慰我似的说，我们叫它"旱地行船"，求雨用的，天光大旱才有这等热闹。

原来这样远的定陶也与我们一样干旱啊。

犹如蝗虫过境，路上留下深深的痕迹，我好奇那只大船怎么没把柏油路搅烂了。

全家福

他们从定陶而来，可能蹚过曹县，向着巨野去了。然而，我总觉着他们是从姥爷那儿来的，尽管，姥爷是在他们过来的反方向。

机动车很久不来了，好像都被大船轧扁了。好容易来一辆，也晃晃悠悠。尤其这辆拖拉机，突然从路面冒了上来。眼看拖拉机愈来愈近，慢到几乎要停住了，并且真的停在我们边上了。拖拉机后面的车斗里升起一位姑父。

我不得不怀疑拖拉机司机和姑父是前面那场游神队伍落下的两个懒汉。

姑父跳下车，与赵立萍使眼色，邀功一样朝拖拉机努努嘴。怪不得姑父早早不见踪影，原来找拖拉机去了。

赵立萍抱我上了拖拉机的车斗，让我坐在空旷的车斗里。我本以为赵立萍要与我一块儿，原来姑父只是找来一个要路过太平镇的司机顺路捎我回去。

临走，赵立萍背过身去，从里面的衣服兜里摸出一块叠了几叠的方帕，再从裹在橡皮筋的纸币里分出两枚一块钱的硬币交给我。赵立萍交了硬币到我手里，看了我一眼，眉头一皱，又从没有裹起的方帕里挑出了一枚硬币，再次交到我的同样一只手里。拖拉机的突突声里

全家福

我分辨出了清脆的钱币声。赵立萍说,拿着,到家买点好吃的,穷家富路的,莫嫌少。到家好好听爸爸妈妈的话,不要再乱跑了。赵立萍说罢再次叮嘱司机一定要把我送到太平镇上。

拖拉机走远了。赵立萍和姑父的腰背竟然佝偻起来。他们两个摇摇手,应该看不见拖拉机了,才掉身回去。他们需要穿过树林,走过漫长的街道,越走越慢,好像耗尽了一天的力气。如果我跟他们回去,也一定会跟着他们转进胡同。姑父走路也不一瘸一拐了,先是进了院门,穿过院中众多的纸扎才能进到堂屋。赵立萍刚刚进到院门,抬头看见姑父走进纸扎堆里,再也没出来。

赵立萍晃神的一瞬,姑父瘦成一张纸片了。赵立萍你有没有想过呀,姑父竟然是这样瘦巴巴的一个人呀。

拖拉机的车斗哐哐摇晃,颠得我屁股疼。我像从云上跌下来,毕竟天空蔚蓝,云来云又去。道路两旁的平原也颠得簌簌发抖,遇到几株树也平不息绵绵莽原。路过的好些庄子我都没见过,我来前走的不是这条路,这一切都很新鲜。

拖拉机再慢也比走路快,我一路都在希望并且深刻

全家福

相信会再次遇见他们那场游神，然而，一直到了太平镇也没再看见他们。

到了太平镇，我熟悉的平原不问青红皂白席卷过来，几乎将我掀翻。拖拉机将我放在太平镇十字路口不远的粮所门口，便突突突突走远了。路过十字路口，我多瞄了一眼停放在路边的两辆机动三轮车。那是专门送客到菏泽市里的客车。我总觉着"客车"这样正经的名字应该是那种大大的面包车（我知不道该叫什么车），没想到机动三轮车也能叫做客车了。而后，我想要不要坐车去菏泽。很快我便否定了这个糟糕的想法。

下了车，我向东再走一里地便能到家。姐姐在家做么子呢，她把面条全吃光了吗，还在等我吗？姐姐一定在看电视里的《猫和老鼠》了。哦，还没到傍晚，还没到时间呢。是我恶意冤枉姐姐了。如果中途拐进一条左转的土路，跑得动的话，很快我便能回到爷爷家。然而我却沿着柏油路向西走去，我记得，走上一里地，有个理发店，过了理发店，便是美美照相馆。我慎重地走了过去，我走得异常缓慢。什么也没看到，我警告自己可能走过了。我又走过了两家门脸（一家是种子站，一家是代销点），才懒洋洋转身走回来，于是就遇到了美美照相馆，我抬起头，暗示自己不过偶然发现这里居然是

全家福

家照相馆，露出毫无兴致的表情，又似抱着好奇的心态，走了进去。

照相师傅比我还毫无兴致，见人进来更不思进取。不因为我是个孩子，他纯粹是与他的工作不对付，谁也不想理。因此，他的语气很不耐烦，不愿做我生意似的。

我两只手扒住柜台，下巴勉强搁在上面，我说，照照片多少钱？

照相师傅说，照相在里头。

我说，照一张照片多少钱？

照相师傅说，要看你照么子照片。

我说，就一寸照片，多少钱？

照相师傅说，一寸照片，两块钱。

不是三块吗，怎就变作两块了？来不及疑惑，我长舒一口气，兜里摸了一阵，找不准两枚钱币，总是三枚。在柜上排出三枚钱币，而后，又捏出一枚，握在手心，然后理直气壮地说，照一张照片，一寸的。

照相师傅瞟我一眼，伸个懒腰，也不瞟钱一眼，说，照相里面来。

说罢照相师傅不由分说，掀开厚厚的布帘子，进到里面去了。他没有管钱的死活，便是走了。我望望晃动的门帘，也望望两枚孤零零的大币，便将钱拢到桌边，

全家福

叮叮接在手里，重新将三枚大币揣进兜里。

我拐到里面，一片漆黑。突然的亮光，叫我意外。原来是照相师傅开了灯，虽然他比我早进来，却站在我身后。开关就在进来转角的墙上，一摸便摸到了。我正要走向正面的台子。照相师傅叫住我，说，这边这边。我掉身看到一个角落，他已经搭好闪光灯和一架相机。说不上哪里不对，只是过于狭窄了些。那是两面墙的夹角，给人的感觉是一个三角形的空间。我若走过去，需要弯腰驼背才行。我走到一块白布前面，竟然能够站直了。照相师傅突然问我：白底还是红底？

我有些纳闷，么子白底红底？

他说，就是后面的背景你是要白色还是红色。

我说，北京？

他说，对，背景。

不是照相吗？我知不道他干吗问我北京的颜色。我知不道北京该是么子颜色，我的小小脑袋能够想起的只是课本上天安门广场的五星红旗。我觉着北京便是天安门天安门便是五星红旗，那么北京必定是红色了。

我说，北京不都是红色吗？

他说，那就红的。你确定是红的？

我犹豫了一阵，摇摇脑袋，想了想，很是疑惑地说，

全家福

北京就是红色的啊，老师说过的。其实老师没有说过，我只是想给自己一个定心丸。嗯，红色。

对，红！

拍完照片，我们重新回到柜台。我再次留了一枚钱，掏了另外的两枚钱出来，摆在柜台上。我知道这两枚钱，已经不是刚刚的两枚钱了。有一枚钱偷偷替换了刚刚的钱，一定是划痕深重的那枚钱。我说，给你，两块钱。我像个将军一样。照相师傅拉开抽屉，将钱一拨，两枚大币叮叮掉了进去。照相师傅抬起膝盖，膝盖一顶，便将抽屉合拢了。同时，照相师傅从桌上揭开一个很窄很窄的小本本，把蓝色的复写纸放在一张纸下，写下收据，拿开复写纸，将底下复写到的一张纸撕下来递给我，不经意地说，三天后来取。

接过收据，我将薄薄的收据对折一下，再对折一下，三五下以后，收据已经硬到不能再硬，似乎硬到硬币的硬度了。可惜不论折了多少下都不能折成圆形。我把收据揣进之前揣钱的衣兜，便觉着哪哈儿不对，又想不起哪哈儿不对，只好问他，你说么子？

他说，三天后来取。

听罢此话，我有些懵。像是被谁打了闷棍，脑袋晕转了几圈似的，愣是没找着是谁打我。于是，我说，不

全家福

是明天吗？

他说，谁与你说明天了？

我说，你刚才明明说过明天的。

他说，不可能，这才多大会，我能记不得我说过么子，我从没说过这话。

我委屈巴巴，我记得你明明说了的。我说，可是，我明天要用的。

他说，没有明天，向来都是三天后才能出来。

他的话不容置疑，态度也绝无动摇。他像一尊石像，动也不能动一样。他真不是一块好石头啊。

我说，那能不能快点。

我快急哭了。

他说，向来便是三天，再快明天也出不来。

我觉着天要塌了，眼珠也要哭出来了，可我不能哭出来。我说，行行好，明天行不行。

他说，向来便是三天。明天？明天我得去菏泽洗照片，我这里洗不了，再说又不是你一个，后天才能回来。

我想了一阵，说，那我不要了，你把钱退给我。

他说，照都照了，你现在说不要了。

我说，你把钱退我。

他说，照都照了，没有退钱的道理。

全家福

我说，我不要了，你把钱退我。

他说，爱要不要，钱不能退。

我想回家。想起临出家门想与姐姐说的话，我知不道这个印象对不对，姐姐似乎从没与家里主动提过学费的事。我便生自己的气，我真是冒冒失失。然而，回家是不能回家的。我根本知不道该去哪哈儿，钱也被我弄没了。我走了好一段了，柏油路烂到不能再烂。我只是慢慢走着，恍恍惚惚，知不道到了哪哈儿。刚一抬头，一辆机动三轮车冷不防开过来，怪我没看路，差点撞到车身了。撞坏了可怎么办。这时我才发觉，我不知不觉已经来到十字路口。刚刚剜了我一眼的三轮车司机正在招揽乘客。我不计前嫌，走上去问他，到菏泽吗？

司机睨我一眼道，你要去菏泽？

我说，去菏泽多少钱？

司机说，三块。

我说，能不能便宜点？

司机说，小屁孩，还跟我讨价还价。

我说，能便宜吗？

司机说，不得便宜，人人都要便宜，我生意做不做了。

我说，小孩子一块钱成吗？

全家福

他说，没有砍价砍大半的道理，看你小孩便宜一骨碌，便宜你一块，两块钱不能再少了。

我没说走，也没有走。

良久，我说，么子时候走？

他瞄了一眼车内，说，上车就走，上车就走。

我说，我现在没钱，等我到了再给钱。

他说，你个熊孩子，没钱坐么子车。

我说，我爸叫赵立人，我爸就在菏泽，到了菏泽就给你钱，绝不赖账。

他说，你爸叫赵立人？

我说，赵立人。

他上下打量我一番，似乎下了必死的决心说，上车，走吧。

我爬上车斗，车里已经坐了一个人，这是一个坐立难安的老头。我刚刚坐下，他便冲司机喊，师傅么子时候走啊，都等半个小时了。

司机扭头说，马上就走，马上就走。

司机就是个骗子。好不容易，等了半个小时，又上来两个人，司机这才不情不愿开了发动机。我们以为马上开车了，不料发动机砰砰砰响了十分钟，脑袋昏昏涨涨了，司机还没开车，只是把每根箍在帆布车篷上的麻

全家福

绳重新紧了紧。硬邦邦的麻绳,比一根硬邦邦的棍子还要紧张兮兮。最后上车的胖子说,走吧走吧,这个时间了不会有人来了,到东关路上再拾俩人也比耗在这里强。

这种经过改装的机动三轮车,后面的车斗焊接铁架,蒙一层厚厚的帆布,便能遮风挡雨,花一小时才能到菏泽。乘客分在两边,一边能坐十来人,中间马扎再塞好几个。无论超不超载,车篷外头还能挂上好几辆自行车。

三轮车启动了,突然的晃动害我磕到了额头。我扒着帆布缝隙向外看,风像刀子割我的脸。

没过一分钟,我便看到那条通往平原村的土路从柏油路上倾泻而下,过了供电所,很快便是我家。家里大门敞开。院子里没有姐姐,只有那辆瘪胎的自行车扶在墙边。姐姐一定知道我在车上,为了躲我,藏在堂屋不敢出来了。从车上看,我家非常陌生,也异常渺小。我从没想过我家竟然还能这样小,像一窝坟茔趴在路边,我稍稍抬起一只脚便能踏平了。

再往前不远,栽种有两株树的田地便是我家田地了。久看不到,我以为三轮车滑过去了。看到那两株树之前,我先是看到了一块玉米地有一段比其他玉米地都高,我终是看到熟悉的田地了。

这块田地在邻近柏油路的三分之一处,突然隆起了

全家福

一段。经了年年翻耕土地，已经犁平了，几乎看不出与别处田地的细小差别。我记得爸爸一度想在这块地上盖个房子。那时候我还小，爸爸妈妈还没去菏泽，我们一家人都还没四散，都住在一块儿。

我坐在爸爸的地排车上。爸爸拉着地排车要到地里去，妈妈就在边上跟着走。本来已经到了地头，爸爸又拉着地排车从另外一个方向绕到了另外的地头。我坐在车上，抱怨有点颠簸，还不如走路呢。爸爸讲，待会到了地方，会更颠簸。

我说：是因为有大坑吗？那我要下来。

爸爸哈哈大笑说，是你自己要坐的，现在想下来，没门。你没听过那句话？上来容易下来难。

妈妈跟在边上捂着嘴笑，你就让他下来嘛。

爸爸假装严肃道，想得美。

我紧张兮兮，感觉地排车下一秒便会轧到大坑了。然后，忍不住问爸爸，究竟是么子？

爸爸说，就是一株树嘛，也可能是两株树。待会你便知道了。

说着，已是绕过麦地，来到了另一头。现在我明白

全家福

爸爸和妈妈为何非要千辛万苦来到这个地头了。这边地头靠近柏油路，前面的部分没有种麦子，而是一片空地。两边其他麦地都是黄澄澄的，已经是成熟的麦子了。我们一行三人走进去时，很像走进一个院子。爸爸妈妈突然把头缩进了身体里，因为有一根电线低垂。我坐在地排车上仰头看，电线上挂了一个塑料袋，知不道从哪刮来，绞在上头了。

还没走到这里之前，我便看到了那两株杨树。两株硕大的杨树，种在地里便是不好，往往会与庄稼抢养分，叫麦子不好抽穗。大多数人都会在田垄边上种一株小树彰显地界，以免别人犁地耕地以后把麦子种到自家地里。种在两边，像是大门的杨树很是安静，爸爸拉着地排车从两株树的中间走了过去，我也平安无虞地过去了。

此时，正值傍晚，夕阳西下。我看到西侧那株树的树影在爸爸肩上扛住了一秒，很快便掉下来，砸在了地排车上。我以为地排车要轧到这根树影，就像地震一样强烈地颠簸一下，没想到这根树影从我头顶滑了过去，随即地排车也向前平稳地滑了过去。我的担心落了空，同时，一种失落笼罩了我。我有种错觉，好像因为我忽略了另外一株树的影子（其实是我在两株树之间的视野看不到），眼前这样的一个影子叫我觉着它就是一个跛

全家福

子，如果这个影子会走路，它走路也许是一拐一拐的，毕竟它是跛的。

于是，我朝爸爸喊，你个骗子，哪里颠簸了。

爸爸已是来到空地，放下地排车，与说我，下来吧，可以下来了喔。

我是自个儿走下来的。爸爸和妈妈分别从车上拿下来一把铁锨和一把锄头。铁锨和锄头比我下车要快。

今次爸爸和妈妈本不准备带我，是我强烈要求来的。我不是想下地，只是欢喜坐地排车。爸爸将铁锨扛在肩上，像扛了刚才树的影子。妈妈拎着锄头跟在后头。他们进了一幢房子。这是盖在地头的一幢房子，有三间，高高大大，规划明确。房子尚是坯房，房梁也没架上，房顶更没搭上，四围的墙壁光光秃秃，也孤孤单单，像是没有脑袋的将军。堂屋后面便是麦田了，前面的空地和这幢房子占了麦地三分之一的地方。

我没进去，就站在房前。透过没有窗户的窗口和没有门的门洞，我看到爸爸和妈妈在房子里转悠。他们这里敲敲，那里碰碰，看起来像在查缺补漏。很快，爸爸和妈妈分别找到了下手的地方，挥舞工具。不久，墙体便是到处坑坑洼洼了。待到时机成熟，他们分别放下工具，徒手推在墙上。爸爸喊口号，一二三，推！他们将

全家福

很大的力气灌注墙体。整面墙耸了耸,终是轰然倒塌了,一阵烟尘弥漫,几乎让爸爸和妈妈都消失了。我以为他们今天继续来盖房子,殊不知突然决定拆掉房子了。

见此情形,我便问爸爸,不是要盖房子吗,为么子推倒墙壁呢?

爸爸重新拿起铁锨,正在扒拉下面三四层没有倒掉的砖块。爸爸说,国家不让盖的,必须拆了。

我说,国家为么子不要我们盖房子?

爸爸说,我们盖的房子,占用了耕地,耕地不允许盖房子。

我说,这块地不是我们自己的吗,为么子不让盖?

爸爸说,耕地不是我们自己的,是国家分配给我们的。耕地是一种稀有资源,占用耕地是要犯法的。

我说,那什么地方才能盖房子?

爸爸说,宅基地才能盖房子,我们的宅基地没有了。

我说,那我们拆了房子,以后住哪哈儿?

爸爸说,总有地方住的。

爸爸说完,与妈妈一块儿推倒了后面一面墙。腾起的一阵烟尘里,我看到墙顶的几块砖头,蹦蹦跳跳,像几只兔子,很不听话地跳到麦丛里去了。整整齐齐一墙砖,大部分都很识趣,倒下去的时候也都是整整齐齐的,

全家福

没有松散的迹象，似乎要贴着大地盖出没有高度，也没有边界的墙壁。

我没想过的是，刚刚我们走过的空地也要重新翻耕，种上小麦和玉米。爸爸的一切设想都落空了，我也将无家可归。但是，我们还有许多活儿要干，后续的农活儿自不必说，这会子得先把房子拆干净，砖块和木头也要拉走（毕竟这些红砖都是妈妈找姥爷借钱买的，不能浪费），起码要用三天。

即便柏油路很是稳当，机动三轮车跑起来也浑身哆嗦。路面年久失修，到处坑坑洼洼，好像这些坑坑洼洼根本不关柏油路的事情，只是上头有个巨人抓住车架死命摇晃，三轮车都要散架了。我们四个人，两两各坐一边。我坐在条板上，屁股老是蹦跳，他们也是一样。

先前我去过一次菏泽，是爸爸妈妈带我坐机动三轮车去的。凌晨五六点出发，天还蒙蒙黑。去市里的人也有许多，车里塞满了人，柏油路有再多坑坑洼洼，因为人多势众也能把三轮车沉沉压住，颠不起来。今天因为人少，司机开得快，车也颠得飞起。我需要紧靠角落，死死抓住板子才不至于跌落下去。

全家福

透过篷布的缝隙我才能看到道路的一边，没有村子和房子，一切都一览无余。杨树有些凋零，还有平原大地，一派毫无生气的绿色。偶然有个庄子，就在平原尽头，像灰色的塑料袋一样，迅速地飘过。远方的地平线，不是一条线，像一条蛇不停地蠕动。偶尔有个行人和自行车明明与我们的三轮车一个方向，我们刚刚超过他们，他们便像我从三轮车扔出去的玩具，迅速地倒退，尽管向前走着和骑着，还是在迅速地倒退。待退到很远了，他们才慢下来，像在吃力地爬坡，看起来还是慢下来的倒退，闹着玩似的。

我看不见前方的柏油路，只能看到车后的柏油路。我越看离车很近的路面，路面便跑得越快，越看向远一些的路面，路面便又窄又慢，最远的道路细成一根弯曲的线，停在远处某个地方几乎不动了。

三轮车的马达发出突突的巨大响动，和车篷发出的吱嘎声，完全被呼呼的风声遮盖了。风声在篷布上隆隆地滚来滚去。这个三轮车斗上方箍出的帆布车篷，四处漏风。有些刮烂的篷布，呼呼拍打我的肩膀。那些风从篷布的裂缝挤进车里。我觉着那些见缝就钻的不是风，是其他三个方向的平原，过筛子一样，胡乱钻了进来。这些平原没头苍蝇一样，乱迸乱撞，不但崩碎在我脸上，

全家福

也钻进我耳朵，发出沉闷的隆隆声。这些平原，是从很远的地方，不停地追赶过来的平原。而近处没有平原，离我们越近越是土地。

东关路上没拾到一个人。

三轮车突然轻巧地大跳了一下，我们知道，三轮车遇到大坑了，随着沉闷的哐啷一声，我们三人也都跟着大跳起来。我的屁股脱离了条板，升得更高，条板落下去了，我也后知后觉落了下来。多亏我紧紧抓住了边上的钢筋，才没从条板上滑脱。之前我始终看到我褂子的胸口有一块白色的东西在跳跃，刚刚跳跃的时候，那块白色的东西，突然不见了。现在那块白色的东西，一闪一闪的，再次回来了。是透过车顶的缝隙漏进来的一块阳光，像一朵白云飘落在褂子上。

有个人没抓稳，秃噜下来了，咚的一声，脑袋着地，像扎了个猛子。这人没再起来，顺势躺在我们脚边。我惊慌起来，看向对面的老头，并跟着老头的目光再次望向这人。这人口吐白沫，正在浑身哆嗦。老头很奇怪地佝偻着背，脑袋探着，后衣领离开脖子很远。从这个角度看去，老头像正欲啄食的鹰。他的头发几乎全都白了，支棱在头上，老在哆嗦。老头淡淡地说了一句，他发羊角风了。

我觉着老头在说他的头发,他的头发发羊角风了。

我不认识羊角风,知不道羊角风便是这样子,吓得想往后退,后背却硌到后面的钢筋,本就退无可退了。我怕这个人突然蹿上来咬我一口,也传染给我羊角风。我以为羊角风是传染病。我甚至觉着这人浑身哆嗦不是因为发羊角风,是因为三轮车浑身哆嗦,并且因此传染得三轮车更加哆嗦,也发了羊角风。看看他呀,口吐白沫,到处都是,多难看呀。其他两人,却见惯似的,不做理会,任他发羊角风。

我指着那人说,他发羊角风了。我就是照抄老头的话,一字不差。因为好奇,我忍不住再复习一遍,他发羊角风了。老师不是讲了,不熟的作业一定要多多复习。原来这就是羊角风呀。我的惊恐与老头镇定的陈述句不一样,我的意思是,不送医院吗?老头简直是见多识广,乜了我一眼,并且看出我的疑问,替我解围似的说,不用管他,他自己发完便好了。

好像这世上什么也不配发生。

他发病了一整个定陶,仿佛是一整个定陶发了羊角风。而定陶也是颤悠悠的定陶。刚刚过了定陶便到菏泽,菏泽同样是颤悠悠的菏泽。透过篷布的缝,再次望见外

全家福

面的平原，平原还在哆哆嗦嗦，我终是知道是平原在发羊角风。而他应该清醒了。我看到他满脸狐疑，好像知不道身在何处，脸上露出惊愕的表情和难以掩盖的羞耻。甚至背对我们爬起来，慢吞吞爬上条板，我们只看到他湿透的后背满是尘土，他双手撑住，极其别扭地拧转身子，而后极其困难地坐下来。他的脑袋一直低着，头发湿成一绺一绺。他已经坐住了，只是太糟糕了。这种糟糕很快传到他止不住抖动的双脚，并且通过双脚传给车底，又迅速从车底泅开，蔓延到我的膝盖甚至蹿到我抖动的肩膀，使我比他感觉更为糟糕。我看不见他了，是天一下子黑下来。我知道天不可能一下子黑下来，几乎是同时，我听到风声更加响亮了，意识到三轮车开进了漫长的涵洞。好像风也突然发了疯，黑压压扑上来，我脑中一片空白，等待三轮车驶出漫漫涵洞。

过了地下涵洞，很快便是菏泽。

顾不上遥看远处矗立的高楼大厦，我刚刚踩住安稳的大地，一阵酥麻从脚底油然而生。这股麻劲漫过了脚脖子甚至膝盖。

我不是没想到，我是已经忘了。我忘了城市边上的村庄也是村庄，与城市无半点瓜葛。

全家福

暑假我曾随爸妈来到菏泽，住在他们租住的边庄。那是濒临菏泽铁路边边的一处村庄。我怕记错了爸妈租住的地方，下车便跑，着急忙慌想要验证我记得没错，比想要找到爸妈的住处还要迫切。

因为时间久远，我记不住怎么过去。我只记得那幢房子仿佛一幢空中楼阁，它就在那里，没有一条道路可以过去。

我不该找那幢房子，毕竟边庄的房子无不是青砖蓝瓦，看上去没多大区别。我要找的只是门前的那株芭蕉树。我从来没见过这样的树，与我见过的所有树都不一样，它不像桑葚树不像枣树不像柳树，也不像柏油路边常见的槐树，芭蕉树的树干仅有粗粗的一大条，宽大的叶子呈螺旋状交替上升，简直想要得道成仙了。

是啊，这些宽大的叶子真是宽大啊。下雨的夜晚，啪嗒啪嗒响的水滴，便是雨打芭蕉，一定是在数数，数我的步子。

知不道走了多久，总归进了边庄。我应该没走错，不过我又怀疑我错进了堤坝后面的官庄。边庄的道路七拐八绕，可以路过任何一家。找不到芭蕉树，我愈加怀疑我走错了。现在，看见岔路口我便向左去，不管走多远，我想我都能转回来。实际上，我很快迷路了，知不道身在何处了。

我听到一阵歌声，若有若无，闹不清从哪飘来的。我四面张望，看不到是谁在唱歌，甚至看不到任何人。

我跑了许久，刚刚消失的歌声再次飘来。总也找不到芭蕉树，我很是气馁。我不想找芭蕉树了，这个想法发生在我走过头之前。我知不道哪里已经走过头了，我猜测我走过头了，所以，这株树可能藏在我身后的某个地方。我不确定，更大的可能是这株芭蕉树还在前面某个地方，因此，这是一株前途未卜的芭蕉树。而现在，我不想找芭蕉树的想法，代替那株芭蕉树在前头一个足够远的地方等着我。

有燕子从我头顶飞过。我没有看到，但我感觉到了，一团黑影，迅速地飞走了。有着剪刀一样的尾巴，不是燕子，又是谁呢。途中看到一扇少见的双扇门，中间一条门缝，我把脑袋抵在门缝，门缝粗到不能再粗，透过门缝，一个人也没看到，只看到一面影墙。我有种错觉，门后根本没有人，是这条门缝，哐啷一声开了很大的口，说，你找错地方了。

我知道我无路可去了。我走在满是尘土的土路上，我的速度不快，街道也慢慢收窄，道路陡了一阵，也下

全家福

坡去了，两边的院墙，有的破败了，院子一览无余，蒿草过膝，瓦楞间的几簇青草随风摇曳。我又看到一只燕子飞过屋脊，紧接着便是一个女孩浮在半空，那是浮在半空的上半身。她一定是站在某个高处了，不然她的个子就太高了，比最高的大人还要高出许多。风过之后，我的影子融进墙影里，墙头长了一些白色或者黄色的小花。没走几步，小女孩消失了，拖着黑烟的拖拉机留下了深深的车辙。我跳进车辙里，走过来，又走过去。

转角来到一条宽敞的街道，远处的墙头，那个女孩奇迹般重新出现了，这下她骑在墙头伸手拨楞着什么。我知不道该不该向她走去，我恼恨于自己的茫然与慌张，而这条街又太过漫长了。因此，我不得不放弃这个女孩，专心走自己的路。不知何时，我的头顶再次响起了歌声。这次我听清了，这首歌从头开始：小燕子，穿花衣……我问燕子你为啥来？燕子说，这里的春天最美丽！出乎意外，就在我脑袋顶上，我看到了唱歌的女孩。原来我已是来到她的墙头。女孩穿着碎花裙子。起风了，裙子不为人知地鼓胀，碎花朵朵，仿佛一群蝴蝶凭空冒出来。她外面这条腿瀑布似的挂下来，无所事事地摇晃，向下抻着脚尖。

我匆匆走过去了。没想到，女孩叫住了我，哎，那

全家福

个小孩，其实她比我大不了多少，你能不能递给我那根竹竿？经她提醒，我看到在离她不远的地方，一根竹竿正扶着墙。我走过去，拿起竹竿，走到她边上，将竹竿递给她。接过竹竿，她便一节一节提上去，举起竹竿，敲打头上那株枣树的尖端。

哗哗一阵枣子掉落，全都落进院里去了。

待她不敲了，我紧张到说不出话，想要也问问她。可是我知不道该问赵立人家在这里吗，还是该问你知道赵立人住哪哈儿吗。我卡在了那里。女孩敲了一阵，或许手臂擎酸了，便停下来。前面两句话都不行，我瞅准机会硬着头皮说了出来，不过，是那株芭蕉树上赶着抢在我的思考之前说的，跟我没干系。我说，你知道哪哈儿有芭蕉树吗？说出这句话吓了我一跳，我竟然想出这样聪明的一句话。这不是我能够说出来的，一定是那株芭蕉树藏在我身体里，教我说出来的。

女孩很不乐意似的，我怀疑她根本知不道什么是芭蕉树，只是敷衍我。芭蕉树？知不道，我们这哈儿只有枣树。好像突然想起应该弥补我似的，她接着说，喂，恁小孩，吃不吃枣子？说罢，不由分说，从兜里摸出一把枣子扔过来。我没有接住，弯腰去捡，知不道她的一把枣子能有几个，我只找到三颗枣子，再也找不见了。

全家福

我一只手刚好抓住三颗枣子,我便起身,仰头问她,这是灵枣木枣?女孩说,当然灵枣啊,甜得很。我知不道该怎么说,于是说,我爷爷家也有两株枣树,可惜都是木枣,吃起来木木的,我从来不欢喜吃。

女孩不再理我了。她背对着我。女孩的两只手像一只鸟儿捉住另一只鸟儿,双手一绞,推出两条胳膊,往上一耸,提了双肩上来,几乎无可复制地伸了一个懒腰。唱起了歌:小燕子,穿花衣,年年春天来这里……

我突然一凛。哎!我能跟你说吗?说吧说吧。我深深怀疑刚刚几番从我头顶飞过的燕子,并非燕子,而是这支歌谣。

我找不到妈妈,也找不到爸爸了。菏泽这样大,大到没有爸爸,没有妈妈,也没有我。我没有累,也没有办法,我只是沮丧,尽管我知不道沮丧是什么,我想我应该是丧丧的。我也知不道我有多想妈妈,我只是强烈地想要,想要马上看到妈妈。求求观音菩萨求求如来佛祖求求老天爷求求各路神仙,我情愿少活十年,换我找到,不不,换我看到妈妈。

我应该走过这里,再走一遍也没关系。刚刚拐进丁字街口,前面好像又是一段走过的路,走不上两步,我

全家福

以为听错了，以为不是我的名字在背后响起，我想就此走掉，背后的声音再次响起，没错，是我的名字。好像我的名字在我的背后，凭空响起，远远地唤我。

我忙转身，原来是有人喊我名字。那是妈妈，我真的看到了妈妈。飘在空中的名字，迟迟不落，像是叫魂。我没想到，睁眼便看到了妈妈。妈妈不是我求到的，妈妈是我看到的。好像我的眼睛有神，看谁谁到，没有道理可讲。妈妈站在远处，也不走来，就站在那里，好像我出生之前就在那里等我了。妈妈一动不敢动，好像一动便会消失。妈妈站在远处，第三次喊了我的名字。仿佛本来不在的人是我，是妈妈站在对面，是妈妈一开口把我喊了出来。

我不敢相信，想问妈妈是怎么找到我的，又怎么知道我来了。我没敢问，我怕一说话妈妈便不见了。我知不道我居然真的把妈妈想出来了，不由得多看了几眼妈妈，妈妈还是那个妈妈，一点没变。

我朝妈妈走去，我是如此小心，不敢走得太快，好像在试探妈妈，试探不远处的这个妈妈是不是真的是我妈妈。我边走边看，不是看妈妈，我只是看向妈妈的看，因为妈妈也在看我，我逃避看她，同时逃避万一她不是妈妈。我走近了，妈妈有点不好意思了，不好意思再看

全家福

我了，因此，妈妈强行看向别处，妈妈一不看我，那个熟悉的妈妈便回来了。好像妈妈才刚刚离开，去镇上买瓶酱油，转眼便回来了。看到妈妈提着酱油瓶，我便认定这是妈妈了，如假包换。

妈妈像灯泡一样照亮了我，我忍不住喊，娘。

跟在妈妈身后，低着头，我像做了错事的孩子。走不多远，看见前面有个人，刚刚还走路，看见我们便站住不动了，似乎在等我们。他与妈妈打招呼前，我便觉着他眼熟。没到眼前，我便看到我真的认得他，他是三轮车司机，我心想好巧啊，在这里碰着。随即想到，我还没给他车费，正要告诉妈妈，司机却抢先开口，找着了哈，这才多大会，我就说走不远的。说罢，他便匆匆转身走了。走前他说，那个车钱回头一块儿算吧，我还有事，便先走了。

后来我才明白，到了菏泽他到处找我不着，以为我赖他车钱，便找到爸爸妈妈住的地方，去要车钱。没料到，我竟然还没找到妈妈。他一定怕妈妈怪他弄丢了我，虽然与他没任何干系。

我与妈妈来到住处。还没进门，我便发现，我最早便曾路过这里。我之所以没心没肺地走了过去，没有起疑，完全是因为门前没有那株我印象里的芭蕉树。现在

全家福

重新看到房子，看了一阵，我才试着找到几处房子之前的样子，诸如门前挂的葫芦、墙上有个砖洞之类。关于房子的一切，我慢慢熟悉起来。只是门前光秃秃的，那株芭蕉树早已不见了。我想问妈妈那株芭蕉树怎么没了，因此，我喊了一声，娘。走在前面的妈妈转过身，疑惑地望着我，嗯？妈妈半转的身子有些惊讶，不是妈妈惊讶，是妈妈努力不使身子驼背的姿势，看起来像个麻花，我觉着有点滑稽，并为我觉着滑稽自责。话到嘴边，我没说出来，改口道，爸爸呢？

门是红色的漆门。

推开虚掩的门，我跟妈妈走进这幢久违的房子，周围即刻暗了下来。房间与我暑假来时相比几乎没有变化，甚至暑假开的窗户也至今没关。透过栏杆，我能看到院里的一簇竹子。慢慢适应房间里的昏暗后，我看到窗台边上置放了一个大大的方桌。方桌没有抽屉，桌面铺了一块玻璃，上面放着一个绿色的暖壶和两个带红双喜字的玻璃杯。方桌上因为没有多少东西，看起来很简陋。方桌边上便是被褥杂乱的平板床，床的另一侧紧挨着一个半开的黑木箱子。一进来我便觉着房间太大了。其实房间不大，实在是太过简陋，连件像样的家具也没有，才看起来空空荡荡。

全家福

在屋里待了一阵，妈妈才想起她是我妈妈似的，说，你怎么来了？妈妈好像在学我说话，一字不差。

其实，妈妈是问我，你怎么一个人跑来了。我没有领会妈妈的意思，仓促间知不道该怎么说，茫茫然答道，老师叫我来的。

妈妈说，老师又催你学费了？

我说，没有。

妈妈说，学费还差多少来的？

我说，二十。上个星期老师刚刚催过，我说过的。

妈妈说，再等等吧。

我说，娘，要啥时候才能交齐学费？

妈妈说，你跟你老师说说，家里有难处。

我说，我都说好多回了，老师还是叫我快点交齐。

妈妈说，你们班的学费都交齐了吗？

我说，没有，还有李瑞麟和申志杰他们也都没交。妈妈并不认识李瑞麟和申志杰，没有关系。

妈妈说，又不是只有你没交，下次，下次妈妈帮你交上。

我说，老师说再不交齐学费就叫家长。

妈妈说，你叫你爷爷去一下。

我说，爷爷不肯去，爷爷说他岁数忒大了，走不动

全家福

道。老师说再不交钱就叫我站到门口听课。

妈妈说，你爷爷就是这样，知道去学校都是钱的事，甩手掌柜，一样也靠不上，当初……

妈妈突然想起来她不是在发牢骚，而是与我说话，便住嘴了。妈妈突然的沉默在房间里格外突出。

妈妈冷不防说，他敢（我一下以为妈妈在毫不客气地说爷爷），然后，妈妈觉着自己的语气过硬，软了一下说，你老师吓唬你呢，就他我还知不道，也就吓唬吓唬孩子。

妈妈说，你就跟老师说，你爸爸妈妈都不在家，都在城里打工，等爸爸妈妈回家了就交上。

我与妈妈突然无话可说了。我们一不说话，原本空旷的房间显得更大了。我们正在消耗对方，其实，我们更像在消耗房间，把房间耗得越来越大。妈妈先憋不住，突然转身走过了我，我有些诧异。妈妈快走出门口了，我没意识到，害怕起来，担心就剩我一个人承担这个房间这么巨大的空旷。妈妈好像本来应该出门的，走到门边临时改变主意，伸手去摸门后的墙壁，像在检查墙壁是不是真的越来越远了。啪的一声，屋里突然亮了起来。原本屋里并不昏暗，妈妈开了灯，我才回顾刚刚的屋子，确实过于昏暗了。适应了昏暗的眼睛，突然有些不适。

全家福

连累窗外刚刚还明亮的白天,一下子落进傍晚了。白炽灯似乎也不适应,嗤嗤响着一明一暗,闪起来。妈妈抬头望向白炽灯,发光的钨丝没有断的迹象。妈妈走到床铺的里侧,将溢出的衣裳胡乱塞进箱子,盖好盖子,将箱子拖到灯下,踩了上去。她举起胳臂,双手高高捧着白炽灯的光芒。我很是怕电,说,要不要先关了灯?妈妈说,不用。妈妈一只手捏住灯罩,一只手拧了几下,拧紧了灯泡。果然接触不良,白炽灯不再闪烁了。不过,白炽灯的光芒不太明亮,是昏黄的光芒。妈妈跳下木箱,白炽灯晃啊晃,灯光也晃啊晃,秋千一样。我看到灯罩的边沿把妈妈的脑袋砍来砍去。妈妈的脑袋,随着灯光的边界,一会儿栽了下来,一会儿又神奇地长了上去。

一阵灰尘,也从灯罩上面洒下来。妈妈解下系在脖子上的纱巾,抖了一抖,一并扫落掉在肩膀和头发上的灰尘。递给我纱巾之后,妈妈便将箱子拖回床铺的内侧。我转身走向方桌,将妈妈的纱巾放在桌面上。桌面上的玻璃脏脏的。玻璃下面垫了一张硕大的报纸。在报纸之上,玻璃之下,压了一张照片。这是我们一家的全家福。

年关将至,我们一家处在将要过年的喜庆氛围里。

全家福

我打爷爷家独个回来，姐姐还待在爷爷家。爷爷家太暗了，伸手不见五指。爷爷家里晚上点的是煤油灯，灯烛若豆，比蜡烛还不如，将原本的黑暗熏得更加昏暗。要是纯纯的黑夜，我尚忍得住，不就是黑夜，谁也不要看见谁。可是煤油灯叫我看到了昏暗，昏暗比黑夜还要令人压抑。遭不住昏暗的模糊和朦胧，我走出屋子，来到院子，院子里的黑夜也不洁净了，鬼影幢幢一般，晃到我眼花。

我想尽快回到家里，家里不光有明亮的灯泡，还有台总在闹脾气的黑白电视机。

姐姐放好一碗饺子，我放好一碗红烧肉。我待不住，姐姐便帮着爷爷把麦秸拽了一麻包，放进厨屋。而后，姐姐又去院里劈柴。

我没与姐姐说，也没与爷爷二爷说，便偷偷溜走。我回来早了，姐姐还在爷爷家里。姐姐可能还要再待一阵。

我没想到她们一个一个都来了。

我到家之前，她们已是一争再争了。我觉着我来得不是时候，想走没走开，硬着头皮走了进去。大娘和二娘，坐在对面的位置，围在磨盘边上，还有站在大娘边上的堂姐，堂姐是大娘的闺女。妈妈没有坐下，远远站在柿子树下。妈妈似乎累到不想说话了，呼呼喘气。而柿子

全家福

树上，很不相称地结了不少红红的柿子，显得十分喜庆。

我进到院里之后，她们全看见我了，她们又全没看见我，因为她们没人搭理我。我站在她们中间，好似隐形人，尚不存在。

我首先看见的，是堂屋门楣上吊起的一盏白炽灯，铮铮发亮。刚刚换的一百瓦的灯泡，院子里似乎比白天还亮。

起初我听不懂，听了一阵才知晓，她们在讨论我的另一个堂姐。虽则另一个堂姐没在，但她们在说另一个堂姐的事体。另一个堂姐是四叔的闺女，比我才大一岁。

大娘说，对啊，我也没说这份补贴不给雪婷，我只是说这补贴先让我们领一下，再每周给她一点。她这样大点的小孩，拿这样多的钱，总归不好，乱花钱怎么办，这可是四兄弟的换命钱。再加上这钱要到银行才能领，我们在市里每个月去领一趟也方便不是。

妈妈觉着有必要说话的时候，总是不自觉抿一下嘴。妈妈说，市里方便的话，二哥不也在市里，他们去银行也是方便，是不是也要把钱给到他们？

二娘是背对妈妈的，听到妈妈话及二伯，二娘拧着上身，看着妈妈说，话别这样说，我就是过来听听意见，我家那个说了，我们不缺这个钱。

全家福

大娘则是瞥了二娘一眼说，弟妹，话不好这样讲，我们也不缺这个钱。我们来到这哈儿，也不为这钱，也不是要攥到我自个儿手里。这不是商量吗，就是要把钱找个合理的去处。

二娘说，这个事体毕竟是大事体，无论怎样钱不能乱花的。

堂姐则是摁住大娘的肩膀，探出一半身子，说，是是，我们便是这个意思，补贴的数目这样多，哪有给孩子的道理。

妈妈说，不是，我觉着我还是不明白，怎个绕来绕去又绕到这个地方来了。我就不明白了，谁照顾小孩谁领这个钱，不是应该的吗，不是这样道理吗？怎么到我们这里就不对了？

大娘说，按道理说是这样的，我知道弟妹你辛苦，照顾雪婷辛苦，但是，这些钱不是给你的，是给雪婷的。

妈妈说，我也没说这钱是给我的啊。我不说了吗，我们照顾雪婷，这个钱到头来也是要统统花在雪婷身上的呀。

大娘说，弟妹你别急好不，听我把话说完好不。没人抹掉你的功劳，按理你是应该拿这个补贴，但是我们谁也不能保证这笔钱每一分都能花在雪婷身上是吧。到头来，扣你头上一个照顾了孩子，还贪了孩子的钱，这就难堪了不是。

妈妈说，怎么还整上贪污了，我要是贪污我烂手烂脚我。我累死累活照顾自己的孩子不够，还要带着这样一个拖油瓶，别说挣钱了，还倒贴钱，我有说么子了吗？现在政府看孩子可怜给了补贴，怎么就不能花在孩子身上了，就是把这个补贴钱全花在孩子身上也不够花的呀，到头来不还是我们往里搭钱。

大娘说，弟妹我没那个意思，我不是说你贪污，我这不是说万一吗，就是一个比方，就是让外人看见不好看不是。我的意思是，这笔钱也不是给我们了，就是暂时由我们保管，我们属于第三方。我们也不是想要这笔钱，到时候，按月给雪婷多少钱，回头具体每月给多少，我们再算。

妈妈说，就不能我们按月给她吗？

大娘说，我刚刚说了半天合着白说了，不是不能，是怕别人说闲话。说你养着雪婷，还拿着雪婷的钱，雪婷和你们吃住一起，吃饭的时候是不是都要一起吃，那雪婷吃多吃少怎么算，总不能单独给她另做一锅吧。那这钱到底是花在雪婷身上了，还是花在自己家或者自己孩子身上了，这钱能拎得清，能分得开吗？

全家福

妈妈说，我这养孩子还养出不是来了？

大娘说，没有这笔钱就什么问题都没有啊。所以说我们这不是在商量吗，不把钱放在你们头上，放在另外的人头上，第三方那边，也就是我们这边，这是最合理的。

妈妈说，即便是你们给钱，难道就能把钱拎干净了？

大娘说，对啊，我们按月把钱给到雪婷手里，直到她成年。

妈妈说，你们给可以，难道我们给就不行吗？不对，这也不是我们给，是国家给，我们不拿这个存折，这存折就在孩子手里还不行吗？

大娘说，你说存折在雪婷手里，雪婷养在你家，到头来存折不还是在你家吗？再说了，我刚才车轱辘话说了好几遍，雪婷那样小，手里怎么能拿这样多的钱呢？

妈妈有些抓狂了，生气地说，那这孩子我不养了，你来养给你来养，本来我就不想养。把这补贴也都给你们，我们一分钱不要，人也给你们。

大娘说，他弟妹话可不好这样讲的。当初是你冒这个头要养的，现在你说不养便不养，撂挑子不干了，半路塞给我们。也不是我们不能养，主要是这个时候，外人看来还以为我图钱把孩子从你手里抢来的，村里人还不戳我们脊梁骨，叫我们怎么做人啊还。

全家福

妈妈说，当初，当初四兄弟刚刚走的时候，留下孩子一个人没有爹没有娘可怜巴巴。我们几家人凑在一块儿商量孩子的事，没一个人说要把孩子领走的，就当着孩子的面推三阻四，不是这个有事，便是那个不方便。孩子刚刚死了爹，看着我们吵得屋顶都翻了，哭着跑出门去，说不要我们养，她自己养自己。你们忘了我没忘。我确实不想领一个累赘回家，又不是自己亲生的打不得骂不得，还要小心哄着，稍微哪哈儿不留神，搞不好就恨你一辈子，是个出力不讨好的事体。我不知道这些吗？我知道，我什么都知道。我是不忍心才把孩子领到家里来的，你们知道那时候这孩子有多淘吗？偷孩子他爸的烟，放在被窝里，每天撅一根烟，弄得孩子他爸找不着烟以为是儿子偷的吊梁上打了一顿。是我晚上给她整理床铺发现的，发现便发现，弄得床上到处都是碎烟叶子扫也扫不净洗也洗不掉。看见了她，气得要死，一不能凶她二不能打她。又能怎么办呢？只能打碎了牙齿往肚里咽。现在倒好，好人都让你们做了。我们都是坏人，坏人，我们都是坏人。

大娘说，你这样说就不对了，我们都是一家人怎么能有好坏之分呢。我们也体谅你的不容易，所以才来分担你关于这笔补贴的事体。我都说过了我们不是要抢这

全家福

笔钱，我们就托管这个存折，第三方托管，我们也只是托管存折，到时候补贴里的每一分钱都会给到雪婷手里。

妈妈站在那里听了好一阵。妈妈已经不说话了。妈妈像是用尽了全身的力气，再也不想说话了。堂姐坐在石磨上，两只脚吊在半空。大娘则蹲在树下。一阵风吹过，柿子微微摇动，几欲掉落在大娘的头上和肩上。

妈妈说，不管怎么说，这笔补贴呢还是得放到我这里，放到我自己这里，不跟我们家的钱掺和，你们可以监督，监督我一笔一笔转给雪婷。

大娘说，刚刚都白说了吗，给你不就是给你家吗？

妈妈说，我知道给我就是给我家，既然这笔钱是给雪婷的，我会一笔一笔全都给雪婷。

大娘说，还是那句话，会让外人说闲话，以为你们是为了这笔补贴才管雪婷的，说你们从中克扣这笔钱。

妈妈说，让他们说吧，我不在乎。难道你也认为我们会克扣吗？

大娘说，这个嘛，我自然不会这样认为，不过——

妈妈抢话道，既然大嫂不认为那就行，咱们一家人怎么都好说，管他外人干么子，他们想嚼舌根子就让他们嚼去吧，我不在乎。所以说，这笔补贴还是在我们这里比较好，你们就请回吧。

全家福

大娘说，这个嚼舌根子总归不好吧，会坏了我们家的名声。

妈妈说，管他好不好我不在乎。再说名声也不是他们随随便便能嚼没的，是我们自己挣出来的。大嫂你们就先请回吧。并且，我怕嫂子你认为我是为了自己花补贴的钱，我重申一遍，要真认为我们也想花四兄弟这笔命换的钱，那么我也管不住你们的想法，你就认为你还真想对了就行，我就是想花这个钱，我就是想花雪婷的钱。你爱怎么说怎么说，我不在乎，但是今天这个存折你们带不走。

说罢狠话，为了缓和气氛，妈妈软软地说，等下次，等下次我去银行领补贴的时候，顺便再去镇政府一趟，看看还能领四兄弟什么额外的补贴。这个给雪婷的补贴不是意想不到吗？下一次，说不定能给四兄弟的补贴，不是给四兄弟子女，是给四兄弟的兄弟姐妹的，到那时候我再把大哥二哥请到这里来，叫他们弟兄几个来平分一下四兄弟的补贴。你看这样成不成？

眼看妈妈便要辩赢了，堂姐说，咱们也别争了，公平起见，咱们就投票决定吧。村上选村委不也都是投票吗，咱们也不偏不倚，就投票吧。

眼看胜利的妈妈，愚蠢地说，怎个投票法？

全家福

堂姐说，一家出一票，老五远在部队，又没成家，算是弃权票。老四更不用说，也是弃权票。就三婶二婶还有我娘，咱三家投票。赞成把钱放到第三方，存在市里头的便举手，不赞成便不举手。是便是了，不是便不是了，咱都别反悔。

不等妈妈说话，堂姐先是看向大娘，而后看向二娘，与二娘说，二婶可以吧？二娘没有说话，很是犹豫似的点点头。随即堂姐说，那说好了，同意就举手，不同意就不举手，好了，就这样举手表决吧。

妈妈没有举手。妈妈不会举手。大娘仿佛很是犹豫，经过一番挣扎似的，沉重地举起了手。妈妈与大娘不约而同望向了二娘。二娘不习惯似的，知不道该看谁，便看向她们中间的部分，没想到我正站在那里，于是她满脸惊讶地看到了我，同时满脸惊讶地看到了她自己居然举起了手。仿佛要与大娘意见相左一样，大娘举起的是左手，二娘举起的则是右手。仿佛这样做二娘便是不同意大娘。

妈妈眼看着二娘举起的手，张了张嘴，几乎要喊出来。妈妈终究一句话没说，张开的嘴却永远合不上了。

妈妈嗅到了阴谋的味道，妈妈怀疑这一切都是大娘和二娘串通好的。一个红脸一个白脸，联合摆了妈

全家福

妈一道。

透过窗户，我可以望见屋子里面，也隐隐约约看到床铺。我的角度看不到爸爸，怎么歪头也看不到。我能望见爸爸的皮鞋，污泥遍布。这是一双不适合下地的皮鞋，爸爸还是经常穿它下地。爸爸一定刚刚从泥地里走出来，尽管现在是农闲时候，爸爸还是经常去地里察看麦子长势。知不道爸爸出于何种目的没有出来。爸爸知道她们来的目的，与两个伯父的想法一样，爸爸故意找借口不出来，任由妈妈与大娘二娘还有堂姐对峙。爸爸比大伯二伯高明，也比大伯二伯愚蠢。爸爸知道他要是站在一旁肯定忍不住插话，因此躲在屋里不出来。爸爸是个懦夫。我能确定爸爸没睡着，他肯定在抽烟，倚在枕头上，一根接一根地抽烟。我看到了浓重的烟雾，但也可能是烧香的烟雾。妈妈早早点了香，不是为了祭拜谁，而是为了压制烟味。

妈妈太过沮丧，甚至什么也不想做了。

堂姐可能是为了缓解刚刚的紧张对峙，也许因为目的达到，想要缓和气氛似的说，我们刚刚来的时候遇见桂枝了。

妈妈愣了一愣，也知不道要不要搭话这件毫不相关的事体，于是说，桂枝？她不是嫁到城里去了？

全家福

堂姐说,可能过不下去回来了吧,听说离婚了的。

妈妈噢了一声,没再说话。堂姐若无其事地接着说,桂枝在西边开了个鞋店,看样子刚刚开业,冷冷清清。看见我还叫我去里面看鞋,说什么鞋都有,球鞋皮鞋解放鞋,还有自家纳的千层底。我们也是着急过来,便没进去。

这时,我听到一阵细碎的脚步声,从我背后传来。不用转头,我便知道,一定是一双布鞋,就跟我脚下的布鞋一样,都是妈妈纳就的千层底。不过,我的这双鞋委实有些破旧了。如果不是她们说鞋店,我定然不会想起,我的布鞋是一双旧鞋。我穿了许久了,这不但是一双布鞋,也是一双棉鞋。厚厚的棉鞋,脚趾头再硬,也很难顶出一个破洞。而身后脚穿布鞋的脚步声,已然走过我,走向我视线所不及之处了。我知不道她刚才是不是在背后偷听,或者此时才恰好回来。

过了几天,便是正月初一。

午饭时候,一切收拾停当。不是什么大排场,但也算家宴。爸爸坐下后,妈妈脸色阴沉地问我,雪婷哪里去了?我说,知不道。我知道姐姐去哪里了。大年初一,我怕说出来,妈妈就更生气了。爸爸坐在那里,也不吃,像是等姐姐来了才会吃。为了不让妈妈生气，我说，刚刚还搁院子里头，可能就在后院吧，我去找找。

说完，我便起身出来。

我知道该怎样走。出了院子，到了丁字路口，便是一路向北。土路被冻得硬硬的，遥远的尽头，一个人也无，脚底有不少爆竹的纸屑。走不多久，姐姐便出现在麦地里。仿佛刚刚从麦地底下拱出来，而不是找到北地的麦地，去给谁烧纸钱。为了省事，姐姐抄近道，穿过麦地走了过来。姐姐看到我，远远喊我。我也远远喊姐姐。姐姐跑了过来。姐姐跑起来很用力，像是一条浮不起来的小船。

我让姐姐先进去，隔了一会儿，我才进去。这样妈妈可能就只会生我晚回来的气了。

事实上，妈妈一声未吭，给我和姐姐盛饭。先前已经盛好的饭妈妈怕凉了，又倒回去了。妈妈放碗的时候，碗也不知趣，生气似的，重重地墩住，发出闷闷的响声。爸爸咳嗽两声，说，吃吃，吃饭。妈妈睖了爸爸一眼，闷头吃饭。

姐姐迟疑地端起饭碗，开动起来。起初，姐姐只是吃饭，也不夹菜，就干吃米饭。即使夹菜，也是只夹眼前的黄瓜。

全家福

爸爸吃了大半,突然意识到什么似的,往姐姐碗里不住夹肉片和炒鸡蛋。爸爸嘴里含着饭菜,含混地说,吃吃,多吃点肉。而后,姐姐才吃起其他菜来。

平安无虞地吃罢饭,气氛缓和许多。电视机正在重播昨晚的春节联欢晚会,赵本山的小品,又一次把妈妈逗笑了,爸爸也适时地跟着妈妈大笑起来。爸爸笑得格外响亮,仿佛他这辈子从没笑过。看完这个小品,桌上的碗筷和盘子也晾了够久,妈妈起身收拾。

姐姐似乎鼓了很大勇气似的,帮妈妈收拾。妈妈与姐姐说,你别收拾了,去看电视吧,我收拾就好了。

姐姐没有停手,仍旧把抓起的几双筷子归拢到一块儿,而后俯身过来,要抓我的碗。姐姐的胳膊短,只拨楞住碗沿,那只碗在桌边晃了一下,掉到地上啪的一声,无辜地碎裂一地,还有一些汤饭也跟着碎了一地。

妈妈突然暴怒,生气地说,叫你不要收拾不要收拾,就不听话。一大早我小心翼翼,碰这碰那,哪哪我都小心非常,心都提到嗓子眼儿,好容易撑到现在,没想到被你个扫把星打了个破,当初就不该留你。大过年的,打碎一只碗。你可气死我了。快快,快说碎碎平安。说呀,快说碎碎平安。

姐姐登时被妈妈的怒气打懵了。她怔怔盯着碎裂一地的碗，根本听不见妈妈说什么。好像那只碗是被姐姐咯嘣咯嘣一点一点嚼碎了，再吐出来的，弄了一地。我扯扯姐姐的衣角，她这才抬头看着妈妈，双眼噙着泪，不敢流出来，冻到发红也发皴的脸皮不住地抖动。姐姐怯生生地说，碎碎平安。

妈妈还待骂。爸爸脸色难看，五官都挤到一块儿了。爸爸喝止妈妈，好了！

妈妈这才放过姐姐，找来扫帚，把碎碗扫进垃圾桶。害怕套在垃圾桶里的塑料袋被刺破，流出汤水，妈妈一举提出垃圾，将满满的垃圾袋系好，搁到院子一角，等到明天再扔出去（按规矩，大年初一这天不准扔垃圾）。

姐姐站在那里，一动不动。姐姐不但不敢看妈妈，也不敢看我与爸爸，只是低着头。妈妈扫掉碎片，收拾好碗筷，走去外面。妈妈到了院子里的水井处，把碗筷和盘子，泡在井边的搪瓷盆里。

爸爸把姐姐摁着坐下了，她还是低着头，长长地垂着两条胳膊，一声不言语。刚刚电视里还在唱歌，歌声悠扬好听，现在却开始嘶嘶地响，画面也出现雪花。爸爸今天没去调整天线。

搪瓷盆里原本有半盆水，数九寒冬，水全然结冰了。原来妈妈是把碗筷摞起来放在冰上，并没泡在水里。

全家福

压水井就在院子里头。压水井被冻住了，妈妈找来开水浇上去，浇了半壶水，压水杆才松动了。反复上下压杆，只抽出来唰唰的空气，间或跳出一些冰碴子。再往井里放了引水，反复压动压水杆，等到压得吃力起来，井水才慢慢被抽了上来。先是一阵冰碴子涌出来，紧接着，更多的水哗哗冒了出来。

为了给妈妈消气，我走过去，想帮妈妈洗碗。我的手指刚刚触到水流，就几乎被冻掉了。水太凉了，我的手感觉像被烫坏了。我还是咬牙坚持住，刷了第一只碗。慢慢地水流回暖了，我便知道井水已经被抽上来了。

妈妈推开我说，你就别管了。天太冷了，快进屋去炉子上烤烤，我洗就好了。

我扭头看到妈妈通红的眼睛，显然刚刚哭过。我正准备回屋，却是看到妈妈那双通红粗糙的大手，到处都是冻裂的口子，几乎没有一处是好的。妈妈手指的关节也异常宽大。我嗫嚅着想说什么，却又知不道该说什么。

这个时间，爸爸本来要去打麻将的。爸爸也确实去了。没多久，爸爸居然回来了。

过了一阵，也许是出于愧疚，也许是为了让一家人高兴高兴，爸爸说，西边有人放炮，我们去看看吧。

妈妈说，放炮有什么好看。

全家福

爸爸说，听说他们买了几千块的挂鞭，很是热闹。早上已是放过一轮了，还没放完。

大年初一的太阳早已挪到了西面。我们一家四口到了西边，西边的下午也无所事事。

开始没多少人，渐渐便多起来。老远我们听到爆竹响，那是连续不断的炮响，不待喘气的急促的炮响。

有个年轻人，掰开人缝，嘴里说着，让一让，让一让。他把我们一家拆开了，然后迅速便有其他人补进来。只剩我自己，我再也找不到爸爸妈妈，还有姐姐了。我嘴里喊着，妈妈，爸爸。听不到人回应。人太多了，鞭炮也太响了。他们许是没听到吧。

我个子太小，根本看不到放炮的人。这稠密的人群，我怎么也挤不到前面去。

远去很久的鞭炮声，再次回来了。我能听到由远及近的声响。随着炮声愈发响亮，西边的人群涌动起来，这涌动很快来到我的附近了。我不及细想，边上的人们像是退潮的海水，哄哄着散去了。我像块愣愣的礁石，突然冒在前面了。不待我反应，那个拉着挂鞭的男人，便从我身边跑了过去。他身后的长鞭，前进着爆炸，像一串嘹亮的怒火，啪啪地爆炸，又像一条长长的游龙，胡乱摆尾，不住向前。龙的尾巴在我脚下噼啪作响，我

全家福

吓得慌忙跳跃。我以为我的双脚要被鞭炮炸烂了。那条长长的游龙很快跑了过去。那男人似乎跑了两圈了吧，这条挂鞭，还远远没有放完。

开始我想不通，为什么他跑了那么久挂鞭都炸不完，直到看见男人怀里抱着的盘成磨盘状的挂鞭——他一只手抱着，另一只手边跑边把这条龙一段一段放生。

我几乎吓哭了。再一睁眼，看到一阵青烟，这条龙已然跑到对面了。龙跑得可真快呀。于是我看到了爸爸妈妈，还有他们边上的姐姐。他们没被冲散，还在一块儿，真是奇迹，一种龙的奇迹。

然而，这条龙终究不是一条奇迹的龙，这条龙不会飞，要是这条龙会飞就好了。

看完放鞭炮，都快到傍晚了。我与爸爸妈妈，还有姐姐，也同别人一样慢慢散去了。回家路上，我听到我们背后，开始响起二踢脚了。

一路上，我与爸爸似乎开心起来了，可是妈妈与姐姐，仍没再说过话。路过照相馆，再往前便会路过烧饼店和鞋铺了。爸爸突然想起什么似的，惊讶地说，大年初一照相馆居然还开着门。就像为了照顾照相馆生意似的，爸爸说，我们去照张全家福吧。

我们都知晓爸爸的想法。好像这样一来，姐姐与我

全家福

们一家三口便真是一家人了。

照相馆冷冷清清，无所事事的照相师傅睡着了。爸爸叫醒了他。照相师傅叫我们先进去选背景，隔了一阵才进来。照相馆的背景有天安门，有茂密的竹林（边上蹲着两只啃竹子的熊猫），有海边的棕榈树，还有东方明珠。照相师傅说，想好选哪个了吗？妈妈想照天安门。爸爸选了另外一张，那是雪地里的白桦林。雪地不是茫茫白雪，而是已经融化了一些，那些不知被什么动物踩过的雪，裸露出黑色的泥沼，甚至有些地方的雪也都是黑雪。那是我们常见的，一片春天即将到来的田野。知不道为什么，这样一面巨大的背景布，说不出的好看。我从来没见过这般好看的白桦林。

我与姐姐穿着新买的棉袄。我忍不住地高兴，站了过去。姐姐站在镜头之外，迟迟没有过来。爸爸朝姐姐招手，雪婷，来，过来。

要过来的想法晃了晃姐姐的身体，她却没有过来。

爸爸将姐姐拉到身旁。我和姐姐站在中央，爸爸妈妈分在两边。我靠在妈妈这边，姐姐靠在爸爸那边。

我能看出，面对镜头，爸爸妈妈有些紧张。照相师傅躲在镜头后面，知不道为么子要把头盖在一块黑布底下。

全家福

好像是镜头在说话,照相师傅说,放松放松,不要紧张,对,就是这样,肩膀放下来,很好很好。跟我一块儿说茄子。

我听到爸爸妈妈说了茄子,我张了张嘴,没有说出声来。知不道姐姐张嘴没有。

照相师傅掀开黑布,径直走了过来。他把我和姐姐靠得更紧了。然后说,对,爸爸妈妈也靠里一下。照相师傅退后了两步,踉跄一步,而后稳住了身体。照相师傅说,嗯,姐姐很好。照相师傅又走了过来,他扶了扶我的肩膀,想了一下,觉察出不是我肩膀的问题,一双大手便捧住我的脑袋,说,弟弟不要歪头。对,就是这样不要动。

照相师傅回到镜头后面,蒙上黑布,安静了一会儿,又说,弟弟不要歪头。

我的脑袋动了一动。但听照相师傅说,不对不对,弟弟的头不是向右歪,是向左,往左歪一歪。

爸爸不耐烦地说,你怎么回事?

妈妈很是窘迫,转到我面前。妈妈看看我,取下围在脖子上的纱巾围在我的脖颈上。这样一来,我的歪头便正了那么一正。原来我只是不自觉地歪脖子,连累脑袋也歪了。妈妈的纱巾不但围住了我的脖颈,也几乎裹住了我的肩头。妈妈的纱巾，仿佛怕我的脑袋掉了似的，把我的脖颈系得结结实实。我的脑袋还是歪的，不过，有了纱巾的掩护，再也看不出歪的模样了。

我不是故意歪头的，只是知不道为什么我一照相便歪头。我想是有一只狼爪踩偏了我的额头，叫我不自觉歪了头。然而，闪光灯闪烁的时候，我似乎看到一群狼从我眼前一闪而过，我知道，那些狼是走过背景布上白桦林的狼群。我刚刚就觉着不对劲，就觉着雪地里一定有什么动物走过。现在看来，那就是狼群。为何狼群不见了，因为狼群已经漫过白桦林了。是狼群从我额前漫过，我才想起，那狼群便是从幕布走过的狼群，留下来的。田野和白桦林根植在黑雪之中。我当时知不道有雪融化的田野便是希望的田野。

我的印象里，那次照相我们没有给钱。事实上，只是我没有看到爸爸给钱。

知不道为么子，再次看到这张照片，后面的白桦林居然消失不见了。我明明记得白桦林。现在不但狼群不见了，白桦林也不见了。我猜白桦林是被我们遮挡在身后了。

全家福

我不是看到这张照片才想起照片的事。我憋了好大一股劲，实在忍不住，才问妈妈，娘，城里的照相馆是不是比咱镇上的照相馆都好？

妈妈说，那当然，城里的啥都比咱农村好。

我说，城里的照相馆照相是不是也比咱农村的照相馆快？

妈妈说，那应该很快吧。

我说，城里的照相馆今天照的相明天能取出来吗？

妈妈说，可以吧，毕竟在城里干啥都比咱乡上快，汽车快，公路快，盖楼快，挣钱也快。

我说，娘，我想照照片。

妈妈说，平白无故，又不过年又不过节的，照么子照片。

我说，老师叫照的，明天就得交给老师。

妈妈说，瞎说，老师管你照相做什么。

我说，老师说学籍卡要贴照片。

妈妈说，天天就想花钱，交学费就说交学费的事，瞎说什么照照片。你跟你们老师说，回头等我回家就给你交学费。别再说瞎话了，还有——妈妈看着我，刚刚我没注意，妈妈额上冒了汗珠，脸也好难看——也别再自己瞎跑了，一个人没头苍蝇一样跑到城里来，城里这

全家福

样大，跑丢了怎么办。

我委屈巴巴道，知道了。

我没想到，屋子居然有个后门，后门通向一处院子。院子蛮大，也与别家不同，四四方方，家什也陈列得横竖笔直，受过命令似的。我走进院子很长时间，也没能找准我在哪哈儿。走过影门墙，来到堂屋门口，转了半转，我在心里重新调配了东西南北，原本在我心里处在中心的房子，也就是爸爸妈妈租的房子，才归到院子的偏屋，不过是两间西屋。因为西屋同时又是临街的屋子，因此，刚刚我与妈妈从街道进屋的前门才是后门，而通向院子的后门才是前门。

吃饭之前，妈妈说你怎么还背着书包。我才想起来，从学校出来，我一直背着书包，连同姑姑给我塞的一包衣裳。妈妈一边帮我脱下书包一边说，你这书包装了什么呀，这样鼓鼓囊囊的。

我说，没什么，就是一些书。

很明显，书包里鼓出来的部分不像很多书那样棱角分明，而是胀气一般。

多亏妈妈没有计较，也没有打开书包，只是帮我把书包放在床边。而我并不想妈妈打开书包。书包里都是

全家福

衣裳，是姑姑给的衣裳，我不想让妈妈看见。若是妈妈见了，定会因为自尊大发脾气，叫我把这些破烂扔掉。书包里除了语文课本还有另外一本书，这本书名叫《在希望的田野上》。这本书被衣裳挤得变了形，同时，这本书也被表哥翻得卷了角。

妈妈走到院子去了。不久，我听到哐哐声响，循声来到院子。妈妈正推了一辆小小的脚蹬三轮车到门边，然后到屋檐下搬煤气灶和铝锅。一罐沉重的煤气，妈妈搬了两次，第一次没能搬上去，第二次努力耸了上去，三轮车前面翘了起来，车轮悬空转动，差点翻过去。我急忙走上去，帮妈妈扶稳三轮车。装好煤气罐，妈妈进屋去了。再出来的妈妈抱着三个塑料盆，一个蓝色，两个绿色，全用塑料薄膜敷上（后来我知道那是饺子馅），统统叠放铝锅里面。妈妈站个屋檐下，扯下一块塑料布，许多折叠桌和折凳意外冒了出来。妈妈搬了几张折叠桌到车上去，我则搬了折凳——卡在三轮车的空隙。

我问妈妈，这是做什么？

妈妈说，卖水饺。

我说，这样晚了去哪里卖？

妈妈说，体育场。

全家福

我说，体育场远不远？

妈妈说，不远。

我说，娘，那你啥时候回来？

妈妈说，卖完水饺娘就回来。

我说，卖水饺能挣钱吗？

妈妈说，还好，要看时候，人多的时候也能挣些钱的。妈妈看了我一眼，说，今个黑夜，我去卖水饺，你在家好好睡觉。妈妈见我不吭气，又说，听话，卖完水饺回来妈妈给你买苹果吃。

于是，我说，娘，我不要苹果，我想要两块钱。

本来再要一块便凑齐了，既然张了口。一种莫名的贪心令我多说了一块钱。

妈妈说，你要钱做什么？

我说，不做么子，就是想买本书。语文老师叫买的，人家都买了。

妈妈说，你要买什么书？

我说，语文辅导书。人家都买了。我怕妈妈不信，还说，叫《在希望的田野上》。

妈妈走远了，远到院子的深处，我看不见妈妈了。不久，妈妈再次回来，手里多了半袋面粉。妈妈说，等晚上卖完了水饺，挣了钱就给你。

全家福

我低头嗯了一声。

院子更黑暗了，从门口透出一片四角几乎都是直角的光亮，像一块够宽不够长的白布，罩在车上。我站在边上，无所事事。我看到我的影子巴在三轮车上下不来，也是这时，妈妈突然说了一声，小哎，你起来一下。我扭头看到妈妈才意识到我的冒失，我已站在门口，挡了妈妈的路。妈妈从屋里拿了绳子缠了几圈，绳子顾及到了煤气罐，还有折叠桌子和一些折凳。我帮着把鼓起来的地方摁住，方便妈妈拽直硬邦邦的绳子，死死系紧。三轮车吱吱嘎嘎乱响一阵，小小的三轮车竟然能装下这样多的东西，几乎把车斗挤坏了。

一切就绪，我像帮了妈妈大忙，有资格与妈妈谈判了，鼓足了勇气正欲说话，妈妈又回到屋里去了。妈妈再次出来，拎了一只红色的塑料桶。这只红桶太轻了，绑在三轮车边上，像是绑着一个灌满了风的红色塑料袋。

我再次鼓足勇气说，娘，城里哪有照相馆？

妈妈说，城里哪都有照相馆。

我说，娘，照相馆远不远？

妈妈说，有的远，有的不远。

我说，不远的在哪哈儿？

妈妈说，远的到处是，不远的也到处是，搁体育场

全家福

那块好像就有一个好大的影楼。

我说，影楼？

妈妈说，城里的都叫影楼，不叫照相馆，都拍两层楼高的照片。

我说，体育场的影楼在哪哈儿？

妈妈说，体育场后面，体育场后面的银行边上。

我不说话了。我在想两个问题：第一个，银行里面都是钱吗？第二个，银行里还能有什么？

妈妈将面粉放在三轮车上，叫我去找一段绳子。我回到了屋里，找了很久，没有找到。妈妈说，就那块纱巾，拿过来就行。我早看见那块纱巾了。我走到床边的方桌上，拿起纱巾，来到门外。妈妈接过纱巾，不由分说便系在面粉口袋上。妈妈缠了两圈，还打了一个活结，像是专门打的领结。妈妈系歪了，只有半袋的面粉，歪着脑袋，杵在车上。如果不在中间死死系住，口袋会不会还能长出一个脑袋？那是我的脑袋。妈妈放好面粉，说，你在家睡觉，等娘回来。

我突然说，我也要去帮娘卖水饺。

妈妈说，你不累吗？

我说，不累，娘去哪哈儿我也要去哪哈儿。

妈妈咧嘴笑了出来，说，好，今个黑夜跟娘一块儿

全家福

卖水饺。

　　真到一切就绪了，妈妈骑上三轮车，出了院子。院门宽阔，足够三轮车轻松穿过。出门之前，我听了妈妈的话，爬上三轮车。我更听了妈妈的话，两只脚尽可能荡在外头，以免被车轮的辐条绞进去。想起辐条，我才想起爸爸，有一次爸爸骑自行车，我坐在后面，不小心把脚绞进辐条了，所幸没有大碍。我想问妈妈，爸爸在哪，在体育场等我们吗？我很抱歉，现在才想起爸爸。刚刚出了院门，我差点掉下来，门口不高的门槛硌了一下车轮。我本想喊一声娘，好在及时抓住了被妈妈勒得很硬的绳子，挪挪屁股，我重新坐稳了，而爸爸没抓住绳子，掉下车子，摔到地上，爬不起来，追不上来。我不是忘了爸爸，是忘了想起爸爸。妈妈吃力地蹬着脚镫。我坐在三轮车上也帮妈妈吃力。妈妈弓着的背影向左拐了弯，我的脑子一片空白，来不及拐弯，留在门口与爸爸一同胡乱张望。

　　出了门便是边庄最窄的那个胡同。出了胡同，接着左拐，便是柏油路的街边。我看到一扇醒目的红门，差点没认出来，换个方向走过来，重新看到这扇醒目的红门，门框挂的葫芦，叫我一再肯定这是爸爸妈妈租住的房子。从外面看，完全看不出这是一处院子的西屋，仿

全家福

佛这是一幢独立的、没有附属的房子。

三轮车在黑暗里艰难爬行,没了方向。我知不道体育场在哪里,也知不道我们要往哪个方向。妈妈的力气全用来蹬车了,似乎也没力气思考要往哪里去。

城里的柏油路好宽好大,汽车也好多好多,安放在十字路口中央的交通塔不够用。妈妈骑在路边,左右高楼和商铺挤得很紧。就着路灯,我们在不少玻璃门和玻璃窗前蹦跳而过。骑过去知不道多久,来到一段长长的上坡的路,开始我还不觉着,直到三轮车比走路还慢,妈妈骑着骑着屁股便离开了车座,弓着腰,不是向前蹬三轮车了,而是用身体的力量向下蹬三轮车。妈妈原本低着的头,扭向后面,看到我已经下了三轮车,在后面帮妈妈推着走。我使出了吃奶的力气,顶着三轮车向前,也知不道能帮妈妈省多少力气。妈妈看了我一眼,什么也没说,继续骑着。到了坡顶,妈妈停了车子,叫我快上车。随后妈妈说,坐稳了。我们便轻松下坡了。我感到一阵轻松,身体和三轮车一样轻快。同样轻快的是风,我被风冲昏了头脑。风呼呼地响,两边的树木和高楼纷纷向后倒下,待我看过去,它们又全然倒不下去,它们只是有一种快要倒下的感觉。

下坡了好一阵子,三轮车再次慢下来,风声渐渐收

全家福

了回来。两边的景物也都越来越厚,像从遥远的地方吃力地停下。它们不是慢慢停下,而是慢慢地住了下来。

妈妈重新用力蹬车了。我虽则坐在后面,腰也弯下来,好像弯腰也能替妈妈使力。

我知不道夜晚竟然可以如此明亮,亮如白天,好像城里的夜晚根本不用睡觉。

这里全是人。我从没见过这样多的人,赶集一样。妈妈说这叫夜市,晚上赶集就叫夜市。灯火通明的夜市,五颜六色的灯光,什么样的人都有,男人、女人,还有穿着好看校服的学生。

我和妈妈就像赶集。然而,妈妈先自要买一只小狗。妈妈知不道自己会买小狗,拽着我走了过去。实际上妈妈是费劲地推着三轮车向前走。刚刚进了夜市妈妈便下了车,我也跟着妈妈下了车。而妈妈根本知不道自己会买小狗,妈妈是要卖东西的,要买小狗只是意外。

我说,我不欢喜小狗。我们便走了过去。走出去都有三步远了,第四步也已迈出,妈妈突然说,买给妹妹也好啊。然而,我没有妹妹。我只有姐姐。

而卖狗的摊子不但有狗子还有兔子还有熊子还有老鼠还有鹿子还有两只鞋子。哦,不对,这个老头是蹲在

全家福

摊子边上的,他的两只鞋子忍不住踩住了摊子铺在地上的碎花布子。是此,老头的鞋子便与老头卖的动物们混淆了。

这个老头看起来像个老头,实际上比爷爷岁数小许多。也许他还不该是老头,也许该是大爷。不是我亲戚里的大爷,只是路边的大爷。

妈妈便问大爷,这个小狗多少钱?

大爷说,五毛钱。

妈妈说,三毛钱卖不卖?

大爷说,三毛,只能买这个小猫。

妈妈说,小猫两毛钱卖不卖?

大爷说,小猫三毛,爱要不要。

妈妈便拉着我走了。我们终究什么也没买。面对琳琅满目的夜市,我们还有更重要的事要做,很快便把猫猫狗狗忘记了。

本来妈妈把摊位摆到中间偏东的位置。忙活大半天,也招来一些吃饭的客人。未过多久,便来了两个闲人,也没穿个制服。他们两个,一个胖子,一个瘦子。瘦子也是胖子,只是比胖子瘦一些。他们无不是高高的个子,简直很高。

他们已是走过去了,不承想又转了回来。瘦子看看

全家福

妈妈，说，你怎么又摆在这了，说了多少回再不交钱就不要来了，怎么又来了。

妈妈仰着脸与那人说，大兄弟通融一下，下回，下回肯定就能把钱交上了。

瘦子说，通融好几回了都，老也不交钱，其他人都有意见的，我们也难做不是。

胖子看了我一眼，又看看妈妈，与瘦子说，算了算了，这回算了。

妈妈急忙忙跟着说，最后一回，下回指定补上了。

瘦子也瞧见了我，他说，下回下回，这都多少下回了。要不你挪到那个边边吧，这样我们也不太为难不是。

妈妈朝他指的远处望了望，说，那个太远了，生意不好做的。

瘦子说，好做你把摊位费补齐撒。

瘦子的声音过大了。妈妈左右看看，怕两边摊位的人投来鄙夷的目光。

妈妈的摊位终究挪去了偏远的拐角，也是离滑冰场门口最远的角落。便是这样的地方，人也不少。我按捺不住地高兴，像是穿了新鞋一样小心翼翼踩上这块新地。我整个人也像穿了一件新衣裳，这件衣裳叫快活。妈妈不用专门拉线撑灯，把三轮车停在路灯下面。这是一小

全家福

块仁慈的空地（仿佛这是市里地势最高的地方，其他人都顺从地流淌而去），还有其他地方的路灯也都不同程度地照射过来，路面没有阴影，都是不同明暗的光亮，叠在一块儿。妈妈解开绳子，一件一件搬下东西。我也搬动折凳，并把折凳放平，摆在桌边。一张桌子很有气节地携带四把凳子，但没有完全撑开的折凳很不争气，唯唯诺诺地耸着肩。摆好这样多桌子和凳子，我很有功劳似的站在里面。虽厚薄不同，但无一例外，我的四面八方的影子，都被低矮的桌子硌弯了腰，驼着背，没有节制地巴在桌上，菜汤一样流淌一片。

这儿的人是慢慢多起来的，不过，来吃饺子的人只有可怜巴巴的一两个。

我走到离摊位稍远的地方站住，两脚分岔，闲得像一根棍子，就像手上这根棍子。夜市的人更拥挤了。我听了很久小轿车的喇叭声。不久，便看到一辆黑色的小轿车，不停地响着喇叭，也慢慢拐了进来。小轿车看上去好像一点没动，却是在慢慢蠕动，跟个豆虫一样，蚰蜒蚰蜒。

第一次见到小轿车离我这样近，何况慢到几乎没动，我尽力忍住想摸摸的冲动。小轿车慢慢地滑。过了好长时间，小轿车还没滑过去。连一半的车身也没滑走。

全家福

我忍不住一看再看的是小轿车身上，长久以来积下的灰尘。这样的灰尘多好，与黑板一样好。我想写个字，什么字都行。

本来我想用手写，刚刚抬手便发现支上来的是那根细细的木棍。过长的木棍，不受支配，写不了一个字，也画不了一个圆，只在车身上画了一条长长的线。这条长长的曲线，看起来像写坏的长长的一字，更像水的波纹，等待鸭子鹅子跳进来。

小轿车走走停停，终于很是疑虑地停了下来。从另外一个方向，开了车门，下来一个司机。

司机绕过小轿车，盯着车身看了一阵，凶恶地与我说，你他妈谁家熊孩子，干什么呢你！

我慌慌张张收回木棍，不敢吱声。我看到车子并没有坏，只是划掉了一道灰尘。可司机不依不饶，说，你他妈想死是不是？你看你把我车都剐花了。

我怕极了，脸颊发烫，低了头不敢看他。司机愤怒的声音从我头顶飘下来，你知道这车多少钱吗你，弄坏了把你卖了都赔不起。

司机停顿了一忽儿，似乎不解气，接着说，你个小王八蛋，这是你随随便便能摸的吗？

他久久不动，站在我边上，像一株巨大的槐树，一

全家福

具庞然大物。直到司机回到车上,我都没敢抬头。车子临近开走,我的心咚咚直跳,几乎哭了。

夜市太过嘈杂,妈妈没听见司机骂我。妈妈甚至没注意到有司机。

过了好久,那辆小轿车再也看不见了。妈妈似乎发现了我,奇怪我站在那里做什么,走上来捉住我的手。妈妈没看到骂我的那辆小轿车刚刚开过去吗?妈妈抬眼就能看到,妈妈也确实看到了,只是妈妈从没想过这辆小轿车刚刚骂了我。

妈妈紧紧攥住我的手腕,就像我的手紧紧攥住了木棍。我意外感受到了某种血脉传承。

妈妈把一只红桶递给我,说,别老瞎站着,去体育场后面接桶水过来,想了一想,又说,算了,待会我去吧,一桶水太沉了。

我说,我去吧,就接半桶。

说罢,不等妈妈反对,我已跑出老远。妈妈远远地喊了声,当心点!

出了体育场大门,我知不道该往左还是往右。我先是向右跑了一阵,越跑越是荒凉,我开始后悔没问清楚在哪里。

再回到门口,我向左跑去。我越跑越是心惊,总觉

全家福

着掉进了一个深渊，多跑了没几步，我打了退堂鼓，掉头往回跑。身后庞大的城市的夜晚，像是一头庞然的大象，步步紧逼。要不是我跑得快，几乎将我碾死了。

我耷拉着脑袋，拎着红桶，桶里装着空空，回到摊位面前。面对妈妈，我甚至想，把我装进桶里拎回来也比拎着这个轻到几乎想要挣脱我手的空桶好。妈妈看见我的样子，也没责备我，夺过桶子，大步走了出去。

等了好久妈妈才回来。我以为妈妈不回来了，已经在想，要是妈妈永远不回来了，我该怎么办？是不是可怜巴巴，要在城里学会要饭了。大爷大妈行行好，给点吃的吧。

妈妈拎着敦实的红桶回来，不比走的时候慢多少。妈妈放下沉重的红桶，桶里的水溅出了一些，打湿了兴奋的地面。

我觉着妈妈也没找到打水的地方，她只是从刚刚追赶我的城市深处，一瓢一瓢舀了一桶夜晚，匆匆回来。

把几乎半桶水舀进锅里后，妈妈便拧开煤气。那水沸腾之前，夜市里的人也委实多起来了。我心绪好多了，接着便有空忧心忡忡了，忧心妈妈忙不过来。我问，收错钱怎么办？妈妈听罢，摸着我的脑袋说，放心好了，妈妈都记得呢。我不敢相信妈妈都能记住，暗下决心要

全家福

帮妈妈记住每个人。

妈妈的摊位，靠在滑冰场边上。不忙的时候，我便靠在栏杆上，看他们滑冰。妈妈说他们这是滑旱冰，我仍是爱叫滑冰。他们有大人，也有小人，多数是大我许多的学生，不少与我一般大小的人滑得比大人还要好。

后来，妈妈忙起来了，我也没空看他们滑冰了。妈妈都是现包饺子现下锅。妈妈手速很快，木勺点一下，饺子馅就埋进了饺子皮。知不道妈妈用了什么手势，两手一捏，一个饺子就这样包好了。与妈妈过年包的饺子不同，在家的时候，妈妈还会将饺子捏出褶子。我听妈妈的话，挨个记下在座客人点的份数，端去饺子，他们吃完的时候，再行收钱。不过，大多客人吃完饺子，便会主动来到妈妈的案板前，掏钱付账。

我终于忙到忘记刚刚的司机，也忘了他的凶恶，不再心绪难安了。

有好几回收了钱，将钱捏在手里，我便犹豫要不要昧下一块钱，揣进兜里。挣扎几回，真的快要昧下良心了，瞥见妈妈忙碌的身影，我便又乖乖走过去，将收来的钱放进钱盒。没错，钱盒就在妈妈边上，妈妈两手沾满面粉，几乎不沾钱。若是给客人找零，都让客人自己挑出应得的钱数。我若收到大钱，便匆匆跑来，挑出应

全家福

该找零的钱数,给客人送去。

他们是一对年轻人,也都穿着校服,背面写着三歌中学的字样。好看的校服将他们裹得密不透风。知不道什么原因,他们像在生气。女生冷冰冰地走在前面,气鼓鼓的。男生肩上扛着两双旱冰鞋,点了两碗水饺,一碗猪肉大葱,一碗鸡蛋韭菜。女生说,我说了多少次了我不吃韭菜不吃韭菜,你怎么还点韭菜。男生说,我吃韭菜馅的。女生说,你问我了吗,就点猪肉。男生说,你想吃什么?女生说,我要吃牛肉的。男生看了看我,便说一碗鸡蛋韭菜,一碗牛肉大葱。女生说,怎么还吃韭菜?男生说,一碗猪肉大葱一碗牛肉大葱行了吧。随即乜我一眼,说,一碗猪肉大葱一碗牛肉大葱,记得住吗?我说,记得住,一碗猪肉大葱,一碗牛肉大葱。说罢,我便跑到妈妈跟前,与妈妈说再来一碗猪肉大葱与一碗牛肉大葱。

他们吃完了,又说了一会儿,准备走了。我知不道他们说了什么,男生怕冷似的,耸着肩膀,一个手势劈开空气,严肃得仿佛谈一桩国家大事。他们已经起身走出两步了,还没有要给钱的意图。我与妈妈说,那边的两个人还没给钱呢。妈妈正忙着与一个人结账,并且与刚刚走来的两伙人记下点的水饺。妈妈没有更多的耳朵

全家福

听我说话了。

眼看他们走出摊位老远了,我绕过方桌和折凳,急忙追去。他们走得好快呀,我跑着也追不上。可能因为着急我绊倒了,又爬起来,他们消失了,我再追出去,他们再度出现,我又跑了好一阵,将将追到两人。我喘着粗气道,你们还没给钱呢。许是因为人小,说话声音也小,他们也没耳朵听见,自顾自地向前。我跑到他们前面,气喘吁吁地说,你们还没给钱呢。

到了近前,我才发现男生的身量这样巨大。多承男生赏脸看见了我,他居然忘记了我,说,呦嚄,哪来的小崽子。

我仰着脑袋,坚定地说,你们还没给钱呢。

男生说,什么钱,给什么?

我说,水饺,你们刚刚吃水饺还没给钱呢。

女生俯到男生耳边低声说话,我听不到她说了什么。

男生像是被触到逆鳞,低沉着个脸,很不耐烦地说,怎么可能,一开始就给了钱的。

我说,你们还没给钱呢,一碗猪肉大葱,一碗牛肉大葱,一碗一块五,拢共三块钱。我数着呢,你们还没给钱呢。

男生似乎恼怒起来,推了我一把,你说谁没给钱,

全家福

我怎么可能没给钱，我像是缺钱的人吗，我能缺你那仨瓜俩枣的钱秧子？

我毫不退缩，你们还没给钱呢。

此时，已有不少人围过来。迫于众人的压力，男生便是没有给钱也要死鸭子嘴硬了，于是，男生说，你谁啊你，哪只眼睛看见我没给钱了。

我不该这样说的，我这样说很像我没有道理，我说，我就是看见了。

人群中知不道谁说了一句，给他算了，跟一个小孩瞎计较什么。

女生也摇了摇男生的胳膊说，跟他瞎讲么子，赶紧给他算了。

男生夸张地仰起了头，脖梗尽力伸长，扛着脸，几乎不屑于看见我。他说，给他，给他么子？给过了钱还给么子，这不明摆着讹钱吗！

我直愣愣地瞪住他，说，你还没给钱呢。

许是被我看得发毛，他便气急败坏，耸起肩膀，重重地说，滚蛋！

他是个平淡无奇的大个子，头发乱蓬蓬，脖颈青筋暴突。他举起一只手仿佛举起一块天，重重地打下来。眼看要扇我脸上一记耳刮子，却啪的一下拍到了我脑袋

全家福

上。我重重地坐在地上，脑袋嗡嗡直响。

我坐在地上，知不道妈妈何时来了，也知不道妈妈怎么来了。妈妈看着我，一脸惊慌，单腿跪着扶住我。妈妈理理散乱的头发，望向众人。妈妈说，咋了咋了，咋了这是？

那人乜了一眼妈妈，好像妈妈是个来历不明的人，他甚至没正眼看妈妈一眼，说，小孩子家家，这样小就学会了讹钱。

妈妈听得迷糊。我捂着头说，他还没给钱呢。

那人顿觉气恼，你哪只眼睛看到老子没给钱了？小小年纪不学好，想要讹钱是不是？

女生扯扯那人的袖子，说，再给他就是了。多一事不如少一事，咱又没做亏心事。

那人看看女生再看看我，迟疑了一下，紫涨着脸皮从兜里摸出几张钱，说，话说前头了，我们给过钱了。三块是不是，给你五块够不够？

他的迟疑，叫我以为他掏出的是一张五块钱。

然而，他抽出的只是三张一块的和一张两块的，抡到地上。

他接着说，我们没有不给钱，不想与你们瞎搅合，最烦你们这些个乡巴佬了。

全家福

四张钱很慢很慢地飘落地上。同时,那人的脸似乎不舒服,抽了一抽。

妈妈艰难地弯下身子,一张一张捡起五块钱。那张两块钱落到那人脚边,妈妈笨拙地捡起这张钱,像从他脚下费劲地抽出这张钱。妈妈苍白无力地站起来,与他说,我将将收过了钱的,怎么能再收钱呢。小孩子不醒事,万万不要见怪。说着妈妈便将四张钱塞给那人。

那人脸上闪过羞愧,笨拙地缩着手,知不道该接不该接。妈妈硬塞给他,说,都怪我忙不过来,看不住孩子。

我已一骨碌爬起来,说,我看见了的,他还没给钱。

妈妈扭头凶我道,咋的没给,给过了的,我收的钱我知不道吗!

我坚持己见道,我看见了的,他还没给钱。

那人哟嗬了一声,高声嚷,还有完没完,正要甩开钱,被妈妈一把攥住。妈妈死死把钱塞到他手里,说,小孩子不醒事,别与孩子一般见识,一个孩子能懂什么呢。说罢,妈妈往我脑袋上又打一巴掌,闭嘴,给了钱的!

我的脑袋再次嗡嗡直响。我跟跄了一下,虽则没有坐到地上,却比那人打的还要疼。我不明白他明明没给钱,妈妈为何要说给了。我忍着疼,直愣愣地瞪着那人,把这辈子所有的恨都给了他。便是那人打死我我也哭不

全家福

出来，但是妈妈不同，我觉着委屈，不争气的眼泪突然涌了出来。我哭得突然，自己也没意识到，哭出的不是硕大的眼泪，而像是哭瞎了，把两只眼珠也哭出来了。我更恨那人了，因此，梗着脖子说，他没给钱，就是没给钱。

妈妈将我一路拖回到摊位上，妈妈没与我解释，也没理我，而是继续包饺子。我站在妈妈边上，没有再哭也没有吭气，梗着脖子，一动不动，姿势也没变过。我在生妈妈气，我没有气鼓鼓地，而是一本正经地生气，而妈妈好像也在生我气。即使妈妈要端起盛满饺子的碗，要走出去，也是绕过我，冷冰冰的，碰也不碰我。我感到似有百爪挠心，却强忍住满身麻痒，一动不动。妈妈比我更过分，忙到没空看我一眼，安慰一声也没有，好像忘记了我，也忘记了理我。我们都以气自己的方式气对方。直到我气累了，几次瞥到妈妈驼着的背，心下一酸，才动了一动，挪了一步，脑袋也不自觉低了下来，不自觉地靠到妈妈边上，端起刚刚出锅的饺子，给客人送去。回来不久，又给要蒜的客人送去两瓣蒜。客人也不剥皮，很有技巧地咬了一口蒜头，便将蒜肉吃进去，蒜皮留在外头。居然还有这种偷懒的吃法，我感到惊奇，一时忘

全家福

了刚刚所有的事情。

城里的夜晚好像起雾了,起在路灯和霓虹灯下。来吃饺子的人少了许多,我和妈妈都空闲了一些。我终于又扒在栏杆上,看他们滑冰了,滑冰场上滑冰的人也明显少了许多。

我的头顶突然暗了下来,是妈妈高大的身影洒落下来。妈妈摸着我的脑袋,我们就这样无声地看着他们滑冰,一圈接着一圈。我身体僵硬了,待到妈妈开口说话,我意识到我一直在等。妈妈说,拿着。我扭头看到妈妈给我一些钱。妈妈说,不是说要钱买书吗,装好,别掉了。我接过钱,这是两块钱纸币,沾着妈妈手上白色的面粉,沙沙的。我已完全不生妈妈的气,我在生自己的气,我居然完全忘了照相的事。我接过钱,知不道该装哪里。小小手上不是久违的钱的滋味,而是摸到妈妈比沙子还要粗糙的大手的感觉久不消退。看我接住钱,妈妈突然说,今天的事情,到了家里,不要与爸爸说,好吗?

我知不道为什么,但还是用力地点点头。我只是心内一动,想起了我的这双鞋,于是,我低头看了看我的鞋,将钱放进裤兜里,突然有点难过,却知不道难过什么。我放进裤兜的手,没有很快抽出来。我摸到了除钱以外的三个东西。我摸出来,原来是三颗枣子。我分出一颗给妈妈。妈妈说，你吃吧。我举着我的这两颗说，我有。妈妈说，你留着吃吧，妈妈不喜欢吃枣。我这才吃了起来。我边吃边与妈妈说，我也想去夜市转转。

妈妈说，去吧，别跑远了。

不待妈妈说完，我便跑远了。刚刚跑出体育场，我便将枣核吐掉了。沿着体育场的砖路转了半圈也没找到银行。再走了几步，越走越黑，越走越不对劲，我觉着走到了刚刚拎着水桶走的地方，前面不远是城市的窟窿，可能是凿子凿的洞，也可能是水瓢掏的洞，那不过是远远的几个路灯。我没再继续，便原路返回，回到体育场门口，又往另外一个方向走，同样是越走越黑，我决定走穿刚刚走过的路，还是没找到银行。我没回去，而是走过这片黑暗。我是突然看见的，马路对面灯火辉煌的一座三层楼，上面写着电影院。电影院三个字边上是霓虹灯招牌。我走过去看到边上有个小小的门脸，黑乎乎的，凑近了才看清原来是银行。银行大门紧闭，黑黑的一片，他们已早早下班。上面的招牌写着中国农业银行。

走过银行并没有照相馆。我在银行附近来回走了两遍，什么也没发现。我在银行门口站了很久，几次鼓起勇气，终于怯生生地问一个从电影院和银行之间走出来的路人，这银行边上的照相馆哪里去了。那人说，这里

全家福

没有照相馆，从来就没有。

待到再有人从电影院和银行之间走出来，我开始怀疑刚刚那人在骗我，也许里面就是照相馆。

走到近前，我发现这个昏暗的地方是贴着瓷砖的公共厕所。我不想去厕所，愣愣地看到男女厕分在两边，中间起码有三四个隐隐约约的水龙头。要不是我跑了这么大老远，后背湿透，我想我不会发现这里还有不止一个水龙头。

我呆呆地站在银行和电影院之间，我的身体陷在昏暗里。我仰头望向电影院的墙上贴着的许多巨幅海报。我那时知不道这叫海报，觉着就是给电影拍的照片，我以为这些是巨大的照片。每一张照片，足足有三米多高。

待到夜市几乎散尽，我与妈妈慢慢往回走。

我几乎满脸汗水，可能把自己弄成了一个大花脸。妈妈看了看我，没问我为什么不高兴。好像妈妈很怕我，不敢问我。妈妈只是说，你怎么出那么多汗。我低下头说，人太多了，都是人挤的。说这句话的时候，我心焦得快要哭了。妈妈似乎觉察到我的难过，再也没说话了。

我们再次遇到了刚刚进来夜市遇到的大爷。妈妈远远看见，那只狗可怜巴巴，还没卖出去。妈妈径直走了

全家福

过去，放任我和三轮车在一边。

妈妈说，狗子，三毛钱卖不卖？

狗子说，五毛钱。

妈妈说，都快散集了，你还不便宜点，怪不得都没卖出去，就三毛钱卖了吧。

猫子说，猫子三毛钱卖给你。

妈妈偏头看过去，果然猫子也没卖出去。真是可怜的猫猫狗狗。妈妈说，猫子两毛钱。

猫子狗子说，猫子狗子一共七毛钱，要就一块儿拿走。

妈妈说，两个我要不完，就要一个。

猫猫狗狗说，猫猫狗狗你挑一个吧。

妈妈说，那就狗子吧，三毛钱。

狗子说，狗子三毛钱不行。狗子说完猫子说，猫子两毛钱卖给你，要就拿走，不要算了。

妈妈看看猫子又看看狗子，像是下了要杀了狗子的决心道，那便两毛吧。

妈妈骑在柏油路边上，我坐在三轮车上。柏油路是供机动车和自行车行驶的。妈妈可能是怕机动车，总是骑在柏油路的路边。路边有许多杂草。

全家福

我们沿柏油路的边边行了许久,仿佛柏油路没完没了。待到拐下柏油路,进了羊肠小道,我与妈妈说,这里好像不是我们来的路了。

妈妈说,天太晚了,我们抄近道。

与柏油路相反,羊肠小道中间长有厚厚的杂草,两边露出两道白白的路面。那是被过路的四轮车抑或地排车轧出来的两道白,把小路胡乱攀缠的杂草轧没了。

刚刚柏油路还能看到各式各样的小轿车(那是多么快速和模糊的小轿车啊)和自行车。到了小路,一个人影子也看不到了。

我们面前平坦一片,是广袤的田野,也是广袤的庄稼。我们两边我们后面也都是一望无垠的庄稼。小路上依然有许多茂盛的杂草,比庄稼杂乱许多。这些庄稼有玉米,也有花生。花生一垄一垄,顺当多了,梳子梳过一样。

我和妈妈前不着村后不着店地前进,我总觉着出不了这座庄稼的迷宫了。

后来,我知道再往前便是边庄了。我没想到边庄居然不在城市的附近,而是与城市隔了这样一大块田地。

妈妈佝偻着背骑着三轮车,深深地用力,好像妈妈不是骑三轮车,而是背着三轮车艰难地走。

全家福

我不想再看到妈妈的背了。下了三轮车，我跑动起来，跑过妈妈，这样我的心情才好些。妈妈在后面喊着，你慢点。

我朝前喊道，我知道，仍是没停下脚步，仿佛妈妈就在前面，我是在追妈妈。前面的妈妈，有些奇怪，老是叫我追不上，也看不见，前面的妈妈真是坏妈妈。

在月亮的照耀下，小道看不太清，但也不摸瞎。再往前的小路蜿蜒曲折，灯笼一样晃晃悠悠，统统被茂密而笼统的田地吃掉了。

我跑过了田地跑过了小路，也跑过了三只鸭蛋。它们一定是被谁落下的。我跑了回来，那个窝便是路当间杂草丛做的窝。我抬起头，朝苦苦跟来的妈妈喊，鸭蛋哎！

妈妈到来之前，我就守在三只鸭蛋边上。妈妈停下三轮车。我问妈妈，怎么办？

妈妈下了三轮车，小心翼翼走过来，不但跨过了鸭蛋，也跨过了我。妈妈掉身过来，俯下脑袋，说，真是鸭蛋呀。

我说，一定是谁弄丢的，我们带走吧。

妈妈踌躇片刻，解下脖颈上的纱巾，铺在地上，将三个鸭蛋捧到纱巾里。

全家福

我们正要起身,边上的草窝动了一动。我以为是老鼠,没想到是第四只鸭蛋滚了出来,似乎是它自己故意滚出来,叫我们看到的。

于是,我说,啊呀,还有一只鸭蛋。

我把这只鸭蛋捧到手心,也放在了纱巾上面。我在纱巾上先看到妈妈的三只鸭蛋,再看到了我的鸭蛋。我的这只鸭蛋长得不一样,小了一点。妈妈说,你看错了,你的那只是鸡蛋。

我拨动了一下我的这只,蛋壳颜色较浅,有些发白(鸭蛋的壳微微发青),确认这是鸡蛋。我挠了挠头,难为情地说,真的看错了哎。

于是,纱巾里面再次变卦,变作三只鸭蛋和一只鸡蛋了。

我突然发现不对,扑哧笑出了声。妈妈说,你笑么子。

我指着鸭蛋和鸡蛋边上的站在那里纹丝不动的猫子,与妈妈说,娘,你看那只猫子站在那里给它们站岗一样。随即我便咬动手指,纳闷起来,好奇怪,刚刚猫子好像动了一下哎。

多出来的那只猫子是我刚刚放进去的。那只猫子一路上都在我的手里。而妈妈再次选择没有拆穿我。

全家福

妈妈把纱巾一兜,递给我说,它们就交给你了,你要拿好了。

妈妈照旧蹬着三轮车,我也重新坐上三轮车了。突然我想起来,我的那根木棍没有了,叫我丢在刚刚捡鸡蛋和鸭蛋的地方了。我没办法回去捡了,丢了就丢了吧。就是被路过的一辆车轧折了也不可惜。

这根木棍不过是在去夜市的路上,刚刚上坡的路边随便捡的。

要不是被这一截树枝硌了脚,我不会看见它。我捡起这根树枝,主要是因为它细长,鲜有分叉,将小枝丫掰掉,就剩尖端的枝杈。它再也不是树枝,而是一根细细的木棍了。拿在手上,我舞弄了几下,挥出呼呼风声。我觉着手里拿的是孙悟空的金箍棒了,尽管是一根尾端分叉的金箍棒。我兴奋地甩着木棍,跑动起来,很快追上妈妈,坐上了三轮车。

妈妈还知不道我有一阵子跟丢了她呢。

妈妈突然说,小,娘今天打疼你了吧。

我没问妈妈为什么打我,只是张开了两臂,今夜的风很凉爽。我再次想起没有找到照相馆,感到一阵沮丧。不知过了多久,我才试探地说,他们真的没有给钱。

全家福

妈妈没有说话，三轮车正在上坡。我没想到，换了一条路，还是要经过那个坡度。我抬头看到妈妈弓身蹬车的背影，妈妈的后背瓮声瓮气地说，我知道。

到了家里，等待许久，爸爸也还没回来。

我困得要死，却睡不着，眼睛睁得好大，大到脸都装不下，眼睑也给挤到头颅以外。我脱下鞋子，钻进被窝，一直期待着爸爸回来。不是我想爸爸，而是期待爸爸回家，面对爸爸，我坚持不与爸爸说今天的事，好与妈妈交代。

脱下鞋子的时候，我看到我右脚的鞋子破了一个洞。现在这个洞是黑黑的。这一双结实的白球鞋，早晨的时候还好好的。一定是我今天跑的路太多了，也太长了，更是太弯了，把鞋子也跑出了一个洞。我觉着这个黑洞要把我吸进去了。

直到我睡着，爸爸也没回来。

睡着之前，鞋子的破洞，反复盘桓脑海，使我不得不想起这双鞋子的故事，这个事体，我与妈妈再也没提及，更遑论告诉爸爸了。

那时节爸爸和妈妈还没去菏泽。农闲时，逢了集

全家福

市妈妈都早早去集市卖布。说是集市，不过向西一里的镇上。

那一日艳阳高照，一大早我也起了床，要跟妈妈去。妈妈以为我知事体，学会了帮妈妈。

妈妈早早出摊，无非想多卖一些布匹，这样便能多挣一些钱。妈妈骑永久自行车去集市。自行车后座，妈妈先是绑了麻绳，再把一匹一匹布放在自行车后座，摞得高高大大的，再把两道麻绳，从后头绑到前面。麻绳勒得紧紧的，几乎全吃进布匹里面。

我跟在妈妈后头，一路小跑。妈妈骑得很慢，不时回头与我说，跑慢点跑慢点。

到了摊位，妈妈扎好自行车，本来不用我扶，我怕自行车歪倒，便紧紧稳住车把。妈妈解开麻绳，将布匹一捆一捆摆在摊位。从大捆到小捆，依次排列。白布卷轴最大，卖得最多，也最便宜，放到开头。买白布的多是家人去世或者过三年要做孝服。紧接着便是黑布，也是做孝的帐子用。剩下多种材质和花色的布匹才是农人们买去裁衣裳的。

一切准备停当，早晨的阳光泡在雾气里，湿漉漉的。市集上的人少之又少，到了十点以后，市集才热闹起来。

我与妈妈说，去集上转转。到了美美照相馆对面，

全家福

看到林家鞋铺远远开了门，我便急慌慌回到妈妈的摊位，并从怀里掏出一双新鞋，是我一早便揣进怀里的新鞋。这是上个集市妈妈为我买的一双新鞋，买到家里，我穿着小了。妈妈忘了，我长大了，脚也长大了。妈妈不无遗憾地说，到下个集市再给你换换吧。

妈妈看到这双鞋，才明白我今天跟来的用意。

我与妈妈说，趁现在没人买布，我们先去把鞋换了吧。

妈妈说，这会子忒早了，人家也不一定开门呢。

我说，他们已是开门了，我刚刚去他们铺子看过了，开了门的。

妈妈接过我手中的鞋子，站了一会子，似乎在想，要不要去。妈妈站在摊位后面，我只能看到妈妈的上半身，看不到妈妈的腿，也看不到妈妈的脚。

妈妈领着我，绕出摊位。过了柏油路，也过了烧饼铺。妈妈看到林家鞋铺果真是开了门。

妈妈认得卖鞋的桂枝。刚刚我来的时候，并未看到桂枝。我站在柏油路边的阳光下，看到敞开的铺门里面只是黑洞洞一片，别说桂枝，便是鞋柜和鞋也一样看不见。桂枝看到妈妈进来，满脸笑意地说，要什么鞋，随便看看。

全家福

妈妈从腋下抽出鞋子，说，上个集市给儿子买的鞋子买小了，换双大一号的，你看看，要怎个退法。

本来正常的事体，桂枝与妈妈又是旧相识，不是不明事理的人。坏就坏在我太急了，妈妈也一时糊涂不及多想便来了。妈妈刚刚要是多想一会子就好了，便不会闹将一场。

桂枝听说妈妈要换货，脸色难看。桂枝简直是在大喊大叫，要叫全世界都来看看妈妈是这样不懂是非的人。桂枝说，啊呀呀，你这人做没做过生意啊，你这人怎么这样，哪有一大早就来换货的，还叫人做不做生意了。我这一大早还没开张，你就来退货来了（妈妈想解释说是换货，不是退货，却发现不过是徒劳，退货只是她说错了嘴，并非她有意为之，无论换货还是退货都是一样的），我说一早起来我这右眼皮子一直跳，跳什么呢，原来是跳你这样一个灾星（妈妈听到灾星两字，肩膀猛然抖了一下）。你这不是触我霉头吗，我今天的生意算是泡汤了。大家伙儿都来看一看瞧一瞧，不是我不换给她，实在是知不道哪哈儿跑来这样一个愣货，没有教养，一点规矩不懂。

妈妈竟然忘了这茬，都是做小铺生意，妈妈早该想到的。我站在妈妈边上，难过得想哭，不因为换不到鞋，

全家福

是因为看到妈妈狼狈地任她数落。

不待那人骂完,妈妈便匆匆领我往回走。我们回去路上,人渐渐多了起来,妈妈也不时被他们挤没了。我奋力分开人们的身体,快走几步,才能稍稍看见妈妈佝偻的背影。看到妈妈的背影,我想哇的替妈妈哭出来,这样妈妈的背影便不会这样难过了。想到此,我知道自己没资格哭,也忍住不哭。接下来的时间,我跟在妈妈边上,老老实实帮妈妈卖布,一句话也没说。

待到晚上回家,妈妈没把这个事体告诉爸爸。我知不道是出于内疚,还是出于羞耻,也默契地没与爸爸提及。吃罢饭,我心慌地发现,我的羞耻竟然大于我的内疚。这份羞耻,来自妈妈被人当众羞辱。那个瞬间,我竟然可耻地觉着妈妈没资格做妈妈。为此,我突然跑了出去,晃晃脑袋,想把这个想法甩出去。我来到屋外,看到自行车扎在磨盘边上。布匹已经卸掉,放到屋里去了。车把上挂着妈妈的黑色提包,里面装着妈妈的卷尺和直尺,还有零钱。

我从提包里掏出妈妈放进去的小小鞋子,把这双白色的球鞋看了又看。我坐在磨盘上,从最外侧的鞋带孔开始,把鞋带孔里的每一段鞋带都松了又松。两只鞋松好以后,我脱了旧鞋,把两只脚的袜子也脱掉,试着穿

全家福

进鞋里。最后，松松地系了活扣。双脚跳下来，踩在地上。我多蹦了几蹦。

虽则还有些挤脚，终归没那么挤脚了。

这当口，妈妈从屋里出来，问我怎么不吃饭。我穿着新鞋子，向妈妈走近两步，欢快地说，娘，你看这双鞋一点也不挤脚，上次挤脚是因为我把鞋带系得太紧了，我不该系那么紧的。然而，很明显，我的大脚趾顶住的鞋尖鼓突突的。

我从床上醒来。屋子里很黑很黑。因为熟悉房间里的各种家具的摆放（简直就是没有家具），我可以摸黑乱走。我穿过卧室，来到客厅。客厅依然很黑很黑，并能够通过左边的长长的走廊，看到幽微的光芒。

我继续歪在床上。知不道歪了多久，困意再度袭来。若不是房梁上老掉灰尘，将我弄醒，我不会听到淅淅沥沥的声音，外面一定下雨了，还能听到雨打芭蕉的吧嗒吧嗒响。

刚刚起床我摸到床头的灯绳。拉来拉去，知不道为什么，房间没有变明亮。我怀疑灯泡坏了，摸墙走出卧室，穿过客厅，到了客厅的另一头，摸到一大片硬硬的墙壁，

全家福

好容易摸到灯绳,也拉下去,同样没能打开灯。一定是停电了。两根灯绳上面的开关,反复拉动,也不见刺刺的火花。

睡前不但有电,灯泡也是亮的。妈妈总是睡觉很晚,为了不叫灯光刺眼,我把妈妈的纱巾叠做一条,缠在头上,蒙住双眼。我怕记错了,去摸眼睛,果然摸到纱巾,这个发现使我兴奋。因为不是灯泡坏了,也不是停电了。扯掉纱巾,房间里仍旧漆黑一片。那么真是停电了?我看到墙上挂钟的夜光指针,发着微弱的光芒。我摸着墙壁回到卧室,摸出床头的灯绳。知不道出于什么目的,我没就近去摸客厅的灯绳。拉动灯绳,灯泡没有亮。

怎么办?就是此刻,我突然想起来,我不是身在老家,而是在菏泽,在爸爸妈妈这里。我也迅速记起,昨天从太平镇来到菏泽,跟着妈妈来到这个家。这个家里也没富裕到有卧室和客厅之分,只是一个大大的房间。门口和床头的两个开关,只是控制同一盏灯的两个开关。刚刚的一切,都是做梦的错觉。

我来到卧室(习惯性感觉)窗前,透过玻璃看向窗外,那里很黑很黑,一个人也没有,不过能够看到风打树影的轮廓。

我真的醒来时,我知道该起来了。我没敢开灯,摸

全家福

着墙向外走去。外面没有下雨，只有沙沙的风声，那是风吹竹叶的声音……

我是被一泡尿憋醒的，来到门外，在院子里转了一圈，没有找到厕所，我要撒尿。现在天还是黑的，星星明亮，也眨眼睛。天空真是无垠宽广。墙角发了一簇竹子，像是夜晚靠在墙角。墙角还有一个红色的塑料水桶。我解开裤子。

妈妈诓我。妈妈叫我醒来，我第一句话便问妈妈，爸爸呢？妈妈说，爸爸半夜才回来，我已睡着了。我醒来之前，爸爸已是早早上工去了。骗人骗人，我知道爸爸一晚上都没回来。

院子角落，就在竹丛边上，我看到那个红色的塑料桶，我走了过去。桶里面装的不是水，装的也不是空空如也，装了满满一桶沙子。这一桶沙子好像是满满一桶沙漠，几乎要溢出来了。

匆匆吃了昨晚剩下的一盘饺子（因为第二次煮，有些饺子没了馅，就剩饺子皮，比面皮还难吃）。出门之前，妈妈从桌上的帽子边拿起纱巾，系到脖子上。纱巾上挂着的两根枯草，令我想起昨晚的三只鸭蛋和一只鸡蛋。我便问妈妈，鸭蛋和鸡蛋去到哪里了？

妈妈诧异地问我，鸭蛋什么，什么鸡蛋？

全家福

我说，娘你忘了，昨天我们路边捡来的。

妈妈像忘了这回事，也像根本没这回事，更像妈妈觉着不重要，根本没回我。妈妈只是看着窗外说，我们该走了，再不走就晚了。

现在才是早晨，能晚什么呢？我又想起来昨晚下了雨，那是雨打芭蕉的雨。出了门，看到门口空空荡荡，我便问妈妈，原来门前不是有株芭蕉树吗，怎么没了？

妈妈说，叫市长砍了，说是整顿市容市貌。

我问，市长亲自砍的吗？

妈妈忙着把自行车从屋里推到街上，没有回答，我也没有追问。

我以为妈妈要带我去车站，妈妈却推了一辆自行车载我去了与车站相反的方向，那便是城市深处。我问妈妈，这是新买的自行车吗？妈妈说是借房东的车子。房东便是边庄的边大伯，长得像个员外。这是一辆凤凰自行车，比家里姐姐骑的永久自行车要好看许多。

妈妈骑车之前与我说，你的脚往外撇，别叫辐条绞住了。

妈妈的后脑勺一转，我们便上到中华路，宽阔的人民路横贯而过，高楼还在远方，我们需要翻越一座监狱

全家福

才能深入城区。

妈妈骑了好久，硌得我屁股都疼了，太阳才刚刚冒头。我们刚刚穿过了树林，我很奇怪，觉着太阳升错了地方。本来该从东方升起的太阳，却从南方慢慢升了起来。

这儿仿佛是南方的荒野，一个人也没有，河里一丝水也没有，却长满了芦苇，漫到身后头。一根粗壮的水管横亘枯河，水管有木桶那般粗。芦苇荡苍茫茫，撑住了多云的天。因为高压电线上的麻雀无奈地蛰伏，云彩变作海鸥尚情有可原，可一忽儿变羊一忽儿变猪一忽儿变牛一忽儿变马就过分了。密草丛里拨动叶子，倏忽飞出只鸦鹊高挂枝顶，叫人想把它逮住。罕见的飞机好像一只小小蚊子嗡嗡拉丝，牲口们纷纷开膛剖肚，心肺肠子流窜向西。天公向来不平，许多样子的云压得好低，低低掠过这座庞大的监狱。八个哨兵荷枪实弹高站墙头，红彤彤的剪影，多手多脚起来，浮出水面像是煮熟的螃蟹，带来海风的盐味。高空是被拍扁、榨干的海洋，勉强拖着刚刚露头的太阳的光线。

过了监狱，便是一片玉米地。玉米地中间那条缝，便是小路。我知不道是不是我们昨晚走过的那条路。妈妈骑过去不久，便在尽头看到一座桥，桥头有一株小小的槐树。我不记得我们昨晚过了桥。

这时,我听到背后有喇叭声响,那是监狱的喇叭在叫,请自觉排好队伍……后面我便听不清楚了。我总觉着喇叭在点我名字,赵麦生,赵麦生请到办公室来。

哦,这是学校广播,经常叫我有事,至于什么事情,我早已忘光。我扭头看去,监狱真的好大,比学校大了许多许多。

刚刚,一个胖子与我们一同过桥。我看着胖子很像姥爷,并且越来越像姥爷。我明明知道他不是姥爷,还在想姥爷不是在李进士吗,怎么会在菏泽?毕竟姥爷也是胖子,世间所有的胖子都该长得很像吧。不过,他是姥爷也没关系,我相信妈妈也会骑过去,只是与姥爷打声招呼。

待我忘了姥爷,妈妈已经拐到一条比较平坦的土路了,这也是一条笔直的路。骑了不久,妈妈停了下来,也叫我下来。这是一扇古朴的门。怎么这么快就到了,我想,尽管我知不道到了哪里,直到抬头看到三个大字:寺明光。

我不是没看见,只是先前没意识到这是一座寺庙。

妈妈把自行车锁在墙边。那里已然停放了不少自行车。我们没走正门,正门关闭,侧门大开。我们进去时

全家福

我忍不住想,这座寺庙可能也是临时停放的一辆自行车。我先看到一片大光明。院落中间的部分是凹陷和宽敞的,看起来很像一个天井。

有好几处四五级的小台阶能够去到院落四周,那些地方都有石头栏杆围着,人不至于掉进院落里。四围高处盖了许多房子,有些是二层小楼,无论楼上楼下,四个屋角都翘了起来。

院子中央是一个大大的香炉,烟雾缭绕,许多人在上香。妈妈叫我站在边上,自己走上前去,从旁边捻了三炷香,香烛上点燃,来到香炉前(因为人比较多,妈妈站不了中央,只是站在边上)。妈妈将三炷香秉在额头,闭上眼睛,嘴里念念有词,而后拜了三拜,把香插进硕大的香炉。

把妈妈挤开的是个壮实的男人,请了很大很粗的一炷香,几乎有胳膊那样粗,点着以后,像是烧着火的棍子,插进香炉,熊熊燃烧。

妈妈绕过香炉,向前面的房子走去,透过门洞,我看到里面坐着一尊金光闪闪的大佛。佛光普照于我。佛前是三个蒲团,跪满了三人。妈妈与边上其他几人排队等候。

我知不道妈妈要拜什么,与佛祖求什么。我只是站

全家福

在庭院没事可干,便胡乱走走。

一扭身便望见一道小门,我走了进去,这该是一个旁院吧。刚刚进来时,我透过侧门已经见过,无意进去,现在进去也不晚。

里面不止一个人,他们似乎是一家人。这里首先是个巨大的铁质火炉,是葫芦样的,我总觉着是太上老君的炼丹炉。一个年龄稍大的男人正往炉膛添烧纸。在他后面跟着两个女人,一个年龄大些,另一个是小姑娘(说是小姑娘也比我大上许多)。她们想必一个是老婆,一个是女儿。和尚说她们是没资格烧纸的。知不道是个什么金贵纸。

到了更里面,我看到火炉的这边还跪着一个人,被遮挡了。无论我怎样看,走过去再走回来,也只能看到这人的侧脸,她的这只眼睛有些暴突(因为我只能看到她一只眼睛,好像她确实也只一只眼睛),看起来好吓人。我后背发凉,她乜了我一眼,我不敢再看,忙忙走出。刚刚出来,便被妈妈捉住,妈妈说,你去哪了,找你好一会儿了。

出来好一阵,妈妈没有骑车,我默默跟在妈妈边上。拐回刚刚笔直的小路,我还是怕,说不清怕什么。道路两边的玉米地,有点快要看不到尽头。我能看到一边是

全家福

远远的监狱，另一边则是远远的高楼。

若不是碰到一只狗子，我们可能早走远了。这是一只十分小的狗子（看起来却像一只狐狸，尽管我还没见过狐狸），也没吠叫一声，摇着尾巴看我们。这狗太小了，很像二伯送给我们家的一只狗，不像农村的狗子。狗子居然站起来，两只前爪合十拜拜，跟妈妈刚刚的拜拜差不多。我们没理它，走了过去。狗子追上来，再次站立合十拜拜。

它可能在向我们讨要供果，但是妈妈没有任何东西。我则是摸出口袋里的一颗枣子，扔给狗子。狗子得了枣子，凑上去闻了闻，一口吞进了肚里，而后仰头看着我。待我摊开两只手，狗子才摇着尾巴跳进玉米地去了。平静的玉米地，一块一块荡漾起来。

给狗子枣子之前，其实从前面来了一个农民。正是这个农民看了我们一眼。他说，这只是庙子的狗子，是有功德的，它向谁求要供果没有不给的。如果不给，菩萨是要降罪的。

我终于知道我怕什么了。正是他的话，叫我想起我的口袋里还有枣子。幸好还有枣子。

尽管这是庙子的狗子，我依旧知不道狗子是从庙子跑出来，还是要回庙子，更没想到它会突然跳进玉米地。

全家福

这个虎背熊腰的农民，扛着锄头，也不就走，念了一声阿弥陀佛。

好像他也要与我们讨要供果似的。

我的手揣在兜里，望向妈妈。我在犹豫要不要把最后一颗枣子给农民，不叫他失望。妈妈两只手紧紧握住车把，叫我上车。我这才轻松下来，爬上自行车后座。妈妈的左脚踩住脚镫，右腿蹬了两下地后从前杠上了车。骑车前，妈妈说，你的脚往外撇，别叫辐条绞住了。这是妈妈第二次提醒我了。

待到高楼林立，才有城里的样子。妈妈骑车慢了下来，也紧靠路边。小汽车和货车呼啸而过。路边的树每隔一阵便有一株，很是平均，也大小一致。这些便是市长亲手栽的新树吧。我不认得这些树，它们也不是常见的洋槐，看起来好看是好看，但都好看到同一株树里头去咯。这些树一株是一株，几乎逢了许是五六株树便会来一根电线杆，这根电线杆到了顶便弯曲了，弯曲的部分长出一只路灯。原来电线杆是一杆路灯。现在路灯一点也不亮，像个摆设。

妈妈骑得稳当，我看得也流畅。不多久，匀速后退的树突然洼了一下，坑了一下我的眼睛。我回头望见坑

全家福

洼那里,稀疏了一株树,并在少了树的那处望见一个树桩。这是一株没有了的树,便是一株稀疏,可能栽种不久便死掉了,是此砍掉了。这一株稀疏与下一株树之间还有一根路灯在。不幸的是,前行了两株树以后,我再次看见了一株稀疏,和稀疏下面留的一个树桩。看来,这里也死掉了一株树。这一株稀疏不久,向前便是下一株树,这株树是这排树的尽头。到了这里,便是十字路口,无论向左向右还是向前,都没有树了。是此,这最后一株树,孤独到好像是世界上最后一株树。在最后一株树与第二株稀疏之间,还有一根比电线杆细了不少的铁杆,铁杆比树矮,更比路灯矮,因为铁杆顶上是个路牌,上书"中华路"。

这两株树死得这样快,应该不是偶然,它俩应该碰上劫难了。它俩边上都有别的东西,可能是被方死的。第一株稀疏了的树,是被先前那个路灯方死的,第二株稀疏了的树,则是被这个路牌方死的。

妈妈停在十字路口,在等红绿灯。我再次看到十字路口边上的最后一株树,才发现是我搞错了。这最后一株树不是树,是另一杆路灯。这杆路灯,这样孤傲,这样高耸,很快便与刚刚的路灯一样,弯曲了一下,并在弯曲的部分长出一只灯。这杆路灯只长出了一支弯曲,

全家福

如果长出了两支弯曲，便不能叫弯曲了，该是叫做分叉了，而这杆路灯，也该叫树了。是此，这杆路灯只长出了一支弯曲。

这真是一支孤独的弯曲啊。

我知不道妈妈为么子带我来这样一片稀疏的白杨林。妈妈先叫我下了车，自己也下来，推着自行车便扎进树林里。树林里没有路，我们走得磕磕绊绊，不久，便遇着不少坟冢。既密又厚的草皮攀爬，有不少绿蒺藜，笼罩着腐烂的鱼味。我们踩着圆坟的边沿走了又走，草虫鸣叫，蚂蚱蹦跶。

我的屁股被车座硌了许久，这会子还有些麻。

到了树林边上，这里竟然是一片空地，空地呈半圆状，被一道长长的砖墙截住。起初我以为那也是一处坟茔，走近了看，不过是人为地堆了一堆树叶，妈妈停下来，把自行车靠在墙边。妈妈面对这堆没用的树叶与我说，钻过去。

原来这是一个有树叶遮盖的大大的墙洞，不仔细看谁也不能发现。这个墙洞好像一条狗啊。我看看妈妈，妈妈鼓励的眼神好像不是鼓励我钻进去，而是鼓励我变作一条狗。

妈妈说，去找爸爸吧。

全家福

我怎么也不能相信，问，爸爸在里面吗？

妈妈斩钉截铁，爸爸就在里面。

我说，爸爸怎么能在里面？

妈妈说，你不是想见爸爸吗？钻过去一直走，就能见到爸爸。

洞口的另一边，是另外一番景象。两边满地狼藉，倒塌的水泥柱抵在墙上，几根钢筋从皲裂的水泥里翘了出来。这些都是陈旧的墙壁，也是新的断壁残垣。

走不多久，我便无路可走了。前面是矮矮的石棉瓦堆拦路。于是拐弯，像推开一扇门，一下子看到许多人，令我惊愕。

我怕惊动他们。但不可避免，还是有人看见我了。他贸然说了一声，哟嗬，你们快看！离我较近的人扭头看了过来。

这小孩走错路了吧。那个是谁，先自开口说了话。

哪哈儿来的小崽子？这又是谁，我看他们都长得差不多，不确定是谁说的。

又是他在说话，他比别人更叫我记住，因为他老是笑。哈哈，他说，不会是地底下钻出来的吧，哈哈。

他应该叫做哈哈吧。哈哈又说话了，然而，与他呛

全家福

嘴的人也说了让他的脸挂不住的话。他说话之前再次哈哈笑了，这个大笑使劲挽住了他的脸。

我有些害怕，不敢说话，努力走得更慢。我觉得我走错了，想转身便走。这里似乎处处都是陷阱，我只想转身便走。

这小孩是谁？看到说话的人，脑袋里不由冒出一句话：他的腰好弯。我努力克制自己进出这句话。他不是老头，看起来一点也不老，却弯得像一根拐杖。

他们在盖楼，楼的名字叫福安大厦。他们这些人都在干活儿，要么身着背心，要么赤膊上阵。这地方，要么砖块遍布，要么水泥遍布，没有一块好地方，也没有一条好路（如果那也叫路），却有一把不合时宜的破椅子，斑驳的油漆几乎快要掉光。

那椅子破烂到似乎从没人去坐过。

拐杖不干活儿了，把铁锹插进土里，十指交叉搭在锹把上，将下巴搁在手背上。这个样子的拐杖说话有点费劲，我再次看见拐杖说话了，他故意压低了嗓音，像铁锹在说话，然后，是铁锹长了一个人的脑袋，才说了话。惊奇过后，我意识到他在与我说话。拐杖冲我喊道，哎，恁小孩，迷路了吧？

我看着他说，我，我找我爸爸。

全家福

拐杖因为离我较远,没听清,便说,你说啥?

站在我边上的胖子说,他说他找人。

拐杖说,个么,你找什么人?

我说,我找,找我爸爸。

拐杖略略迟疑地,乜斜着眼睛,也不看胖子,只是与我说,你爸爸叫什么?

我说,赵立人,我爸叫赵立人。

拐杖眼巴巴望住胖子。胖子望了我一眼,又望了拐杖一眼。我以为我走错地方了,他们都不识得赵立人。只听胖子说,他说他找赵立人。

赵立人是什么人?

拐杖没有理他,与我说,你找赵立人做什么?

我说,赵立人是我爸爸。

另外一个人,也就是刚刚的哈哈,与拐杖和胖子两人站成三角形,突然想起来似的,说,哈哈,我知道了。朝拐杖与胖子扬了脸,便扭头冲远远的地方喊去:横三!横三有人找!

顺着那人呼喊的方向,我远远看到一个水泥兜子。那个水泥兜子直起腰来,睁开眼睛,我发现那是一个人。我没认出他是爸爸,那简直是水泥砌的人的形状,正躬身搅拌水泥。听到有人叫他,他把过分倾斜的铁锹抵在

全家福

肚子上，撑住自己。如果没有这个支撑，爸爸随时便会倾倒。爸爸完全没有爸爸的样子，我没见过这样的爸爸，我是从声音里认出他是爸爸的。爸爸远远望过来，他根本望不见我，但听爸爸道，哪个找老子？

爸爸看见我了吗，爸爸不会不认识我吧？爸爸搅拌了几下闹翻的水泥，往水泥兜子里铲了三铲水泥，另外一个水泥兜子与地面融为一体了，我本来没瞧见，爸爸也铲了三铲水泥进去，我才望见了。接着，爸爸把铁锹在水泥窝里哆嗦三下倒扣进去，铁锹几欲栽倒。爸爸担起水泥兜子往离我更远的地方去，爸爸应该刚刚学会走路，独自担起摇摇晃晃的人间。

高高的墙体边上（我这才看到高耸入云的大楼正在向上一砖一砖摞高），靠着高耸的脚手架，垂下的铁钩与爸爸的脑袋一样高。爸爸将两个水泥兜子挂上铁钩，向下拉一下，像是拉灯绳，铁钩便钩住水泥兜子向上升起。

神仙老爷，凭空升了天。

爸爸走来的路上，脑袋上始终悬着挂了水泥兜子的铁钩。走过了搅拌水泥的地方，爸爸离我更近了，因此，爸爸害怕似的，不像是走过来，而是漫延过来。爸爸没走过来，爸爸远远地说，你怎么来了？

全家福

我说，娘叫我来找你。

其他人，尤其拐杖和哈哈，轰然起哄道，横三，到底是不是你娃儿噢？

爸爸扭头与他们笑骂道，去你妈的。

爸爸走到我边上了，我仰头看向爸爸，爸爸的脸朝下了，爸爸看到我了，我看到爸爸的脸悬在我脑袋上方，爸爸还在笑骂，像在骂我，去你妈的，滚一边去。我觉着爸爸不像爸爸了。在这样多的陌生人面前，爸爸好像别人的爸爸。

显然，爸爸知道我从哪来，也知道妈妈在哪等。不过，爸爸领我向外走，过了三岔路口，便走了另一条路。这是我没走过的路，像是走迷宫，拐来拐去，每次拐弯都走墙边，遇到一个豁口很大的地方，别说爸爸可以轻易跳过去，我也能翻过去。我说，我自己来。但是爸爸却说，别闹。不由分说，把我举了上去。我骑在墙的豁口上，像骑在高头大马上，似乎墙也高到了一匹马的高度。

爸爸一伸手便扳了自己上来，爸爸也骑在墙头，与我对坐。父子两个对视一眼，统统笑了起来。随即，爸爸跳了下去。爸爸高擎了双手，像把我刚刚抛上墙头。爸爸说，跳下来。一双有力的大手掐准我的腋下，两个大拇指将我的两条胳膊往外一别，像是与我角力一样。

全家福

他的两条胳膊耷了一耷,卸掉了我的冲劲,软软地接住了我。刹那间,我忘了他是爸爸,只觉腾云下来,两只脚刚刚踩住坚实的大地,像踩住柔软的棉花,慌乱的脚底无处躲避,害得膝盖打了个弯。

刚刚骑在墙上,我无端觉着自己没有骑在墙上,是真的骑在高头大马上,并想起《故事会》上看过的一则故事。故事是这样的:

> 从前,有对父子赶着一头驴进城去。路人笑话他们说:"真笨,为什么不骑驴进城呢?"于是父亲让儿子骑上了驴。走了不长时间,又有人说:"不孝的儿子,居然让父亲走路,自己骑驴。"父亲赶紧让儿子下来,自己骑着驴。又走一会儿,有人说:"这个父亲真狠心,居然让孩子走路,也不怕孩子累着。"父亲连忙让儿子也骑上驴,心想这回总算满足所有人了。但又有人说:"两人都骑驴,还不把驴压死唉。"于是父子俩又下来,绑起驴的四条腿,用棍子抬着驴走。他们经过一座桥时,驴挣扎了一下,掉到河里淹死了。

想完这个故事,我不自觉地望了爸爸一眼。

全家福

我与爸爸重新走了。尽管第一次走这条道,不过,走在爸爸边上,我像走过这里多次。

我把刚刚的故事讲给爸爸听。我还与爸爸讲,我不是凭空讲的。爸爸听罢哈哈大笑,并没有怀疑我的动机,只是摸摸我的脑袋。爸爸的手很是粗糙。

这里没有杨树林的影子,却有厚厚的枯叶,还有细小的枯枝。走在上面,软软绵绵,好像减轻了我的重量。再走几步,能看见杨树的尾巴了,我被一个贸然出现的死人吓住了。死人趴在不远的坑里,衣衫破烂,袖筒、裤管鼓鼓囊囊,发烂发臭,窟窿里有沙子流淌。他的后背拱起,分明是一个死人。爸爸与我说,儿子,你看。说着爸爸抬脚踢他。爸爸踢中了他的屁股,那死人没有动,却居然崩出一串屁响,吓得我目瞪口呆。爸爸的腿脚猛缩,转过身,扮了个鬼脸,再次哈哈大笑。原来是爸爸放的屁。我早看出来了,那不是死人,而是塞满沙子的衣裳。这不是爸爸的玩笑,是裤子与我开的玩笑。

然而,我又想起来,刚才有一瞬间我觉着那是一头死去的驴子,尽管驴子里面装满沙子,却是一头被淹死的驴子。

来到墙壁的尽头,刚刚一拐弯,一派豁然,先前的杨树林蓦然出现,与杨树林一块儿出现的还有妈妈。妈

全家福

妈就在原地等着,仿佛从未离开。

从另一个方向看到妈妈,虽是预料之内,也非常意外。这里仿佛是一个面生的地方,连累妈妈看起来也不得不面生了。

爸爸见到妈妈,说,你们咋来了?

妈妈说,麦生好容易来一次,都没见着你。妈妈踌躇了一阵,说,你手里还有多少钱?

爸爸说,你还知不道,我哪有半毛钱,要钱做么子?

妈妈说,你忘了,今天该交租了。拖了仨月了都,一个月四十,光房租就得一百二,再不交怕不成了。

爸爸说,你存的钱咧?

妈妈说,你又不是不知道,一晚上卖水饺就是卖出一百碗,也才卖一百来块钱,累死累活一晚上能卖五十碗就烧高香了,还要留大头买肉买菜,不然,晚上包个西北风给人家吃吗?一天天下来,根本存不住多少钱。何况他们昨天又催缴管理费了。

爸爸抢话说,没给他们吧?

妈妈想说什么,忍了忍没吭声,只是简单说,还没。

爸爸说,找时间我与你一块儿去吧,与他们说说,看能不能少点。

妈妈说,管理费先不说,房租怕是真不能拖了,昨

全家福

天我算了又算,总也凑不够。

爸爸说,那得多少?

妈妈说,再要一百……妈妈临时改口说,起码得要一百二。

爸爸说,还没到结工资呢。爸爸看了看我,皱眉道,我问问看吧。

爸爸走到墙角,才想起什么似的,扭头说,你们等我一下,我待会子就来。

爸爸拐过墙角,走了不长不远的路,跳过豁口,穿过一条长长的巷子。一转弯像打开一扇门,扑来一座大楼。过了坊门,又是一段距离。爸爸便重新回到那片工地。他们看到爸爸,哈哈笑了起来,但听有人喊道,哎呀呀,怎么这样快就回来了?

爸爸没有停步,随即道,去去去,一边玩去。

爸爸没有看见拐杖,连胖子也知不道跑到哪里去了。路过水泥窝,迎面走来一个高高大大的人,扛着水泥,很是稳当。

爸爸问道,老廖今天来了吗?

那人哼哧哼哧,白了爸爸一眼道,你问我我问谁,普天底下都是贼哇。

几乎就在爸爸脚下,一股声音犹如甘泉,从地底冒

全家福

出。他说,刚刚我还看见呢,好像到楼上去了。

一个正在铺地砖的人。他手上有把瓦刀,每将地砖摆上一块,便用瓦刀熟练地敲两敲。那是他的习性,也是以此测试地砖的稳固性。

爸爸面前是一幢高耸入云的水泥建筑。爸爸径直走了进去。这幢楼内内外外都还是水泥,似乎名叫水泥大厦。大楼四面敞开,哪哪都能走进去。

大厦四处漏风。想要上到楼上,需要沿着楼梯一级一级上去。楼梯没有扶手,也是光秃秃的水泥。这是常见的回字形楼梯,抬头便能一眼看到楼顶。

爸爸走了四个转折便是一圈,也是上了一层。四个转折,三个都是向上的阶梯,只有与走廊相通的第四个平平无奇,没有阶梯,也没有抬高,可以说是长长的走廊的一部分。

爸爸尽量挨着墙走。爸爸没有数台阶,也顾不上数楼层。开始三两层还能知道走了几个回字。再走了几层,如坠茫茫大雾,不知爸爸身在何处了。

爸爸好像擅自下了楼,还没下到一楼,便看到我站在一楼的楼梯口。爸爸脱口而出,你么子时候也跟来了?

我说,刚刚过来。

全家福

实际上，我跟了爸爸一路，跟到楼梯口，看到没有扶手的楼梯，我没敢跟上去，只好等爸爸下来。我知不道爸爸找没找到要找的人。

我们好像是从另外一个大门出来的，前面是一派陌生的景象。

道路在前面拐了一下弯，我们也拐了一下 。刚刚拐弯的墙角那里搭了个塑料棚子，正好可以供一个人睡进去，那里还真睡了一个人。他只是看起来闭了眼，靠在一根柱子上，腿上盖着被子。我们走过去了，我忍不住扭头看他。他似乎是个瘫子，没有双腿（看起来被子底下没有腿的样子），也没有亲人。他长年就是睡在这里吗？

这是一个宽敞的大房间，没有任何家具，只是空空地放了六张上下铺的大铁床，看起来还有很大的空间。

床是空床，没有人在。靠在后墙上的那张床，爸爸没脱鞋便踩了上去。爸爸站在床沿，拉开床边的窗帘，突然跳上窗户，翻到另外的房间去了。那是个更大的空间，严格说是个院子，不是房间。毕竟是露天的。

我也爬上床，跪在铺上，伸头向窗外探去，没想到居然看到了堂哥。堂哥是大伯的儿子，我甚至怀疑堂哥是爸爸大变活人变出来的。我不自觉地叫出了声，哥你

全家福

怎么在这里？

堂哥看了看我，麦生，你么子时候来的？

爸爸已经走到堂哥边上，低声问堂哥，我就想知道你到底从这里面得没得钱？

堂哥本来拎着小铲，似乎在这个院里刨么子东西，被爸爸抵到墙边，堂哥面不改色，绕了出去，你说呢？

堂哥穿了一件破旧的西装，我先是看到了这件西装。堂哥给我一种缺条胳膊的错觉。因为这件西装太大了，穿在堂哥身上很不合身。堂哥走起来，在西装里面咣当咣当的，就像缺了一条胳膊。堂哥别走了，堂哥越走看起来越像缺失的那条胳膊在罩着西装走。

爸爸说，这都半年了，只干活儿不给钱，一分钱也还没给，到底么子时候给钱？

堂哥说，他们这样大一个大楼，还拖我们这点钱不成？再说了他们不是咱们这一个承包队，要不是我与主任有关系，喝了几顿大酒，轮都轮不到咱们。

爸爸听罢，转身便走。爸爸差点一头撞到墙上，又折回来。堂哥下意识地退了两步，脚根抵在了墙根，后背紧紧贴着墙壁。爸爸说话之前，我以为爸爸要开口借钱了。爸爸说，你不会坑我吧？堂哥说，你可是我亲叔，我坑你做么子。再说了当初是你找我要活干，你一不会

全家福

瓦工二不会电工，只能做小工扛砖头拎水泥，我也是好不容易才把你塞进来。

爸爸再次翻窗过来，跳到床上，回到这个很大的房间。爸爸向门口走时，我则忘了下床。

爸爸出门前，踢翻了一只白色的塑料桶。

这不是典型的塑料桶，比平时见到的要小许多，样子更像是一个扁圆的能放东西的盆子。我知不道叫么子，只能叫塑料桶。

我走过去，想把塑料桶拎起来扶正了。随即我便后悔了，松了手。塑料桶哐哐掉下去，咕咕滚了几滚。虽则桶里什么也没有，我还是把手拼命往身上蹭，要把手蹭干净。刚刚摸到，我就觉着不对劲，这是一只尿桶。

虽然，一进来我就知道这里是工地上的房子，直到这时，我才意识到这里也是爸爸每天睡觉的工地上的房子。这么多的床铺，都是一样的乱七八糟和臭烘烘，我看不出哪个是爸爸的床铺。

临走，爸爸突然想起么子似的，扭头与堂哥说，你有没有二百块钱，借我救救急。

我与爸爸重新回到刚刚的水泥大厦跟前，爸爸突然一拐，拐进一个铁皮屋子，我才看见这里居然有个铁皮

全家福

屋子。这个铁皮屋子好像是水泥大厦一口唾沫吐出来的。

我跟了进去,一股滞闷的热气和难闻的馊味扑面而来。一个男人,穿着裤衩,坐在凉席上。他肩膀的侧面有压红的印子,很显然他刚刚醒来,并且是侧着睡的。他的一只手正掏进裤衩里,可能是习惯性掏一掏。他抬头看见了爸爸。

爸爸开门见山道,那个……那个咱们能不能先把半年的工钱结算一下?

那人扭动了一下身子,肥肉难看地起了褶子。他抓起屁股下面红色的T恤,胡乱套在身上。T恤的领口有点小,摇摆几下,脑袋也拱不出来。这具没有头颅的身子说,华子呢,华子没与你说吗?

爸爸说,他说过了,我就是有点着急。

那人说,等着吧,我也在等呢。我都催了几次,到这会也还没下来。

爸爸说,这都几回了,有个准头吗?

那人说,我也想啊。也不是我说了算啊。

爸爸说,要不,能不能支应一点,一个月的也行,我等钱急用。

那人说,谁没个急事呢,又能怎么办呢?你也知道,咱这是大工程。发钱都是一定的。不是谁来都能发的。

全家福

需要统一发放的。不是说我想发就能发的。

爸爸说，家里委实有点困难，等钱救命呢。

那人说，要不再缓缓，下个月，下个月我包票先给你。

从铁皮屋子出来，太阳有点刺眼了。

路过铺砖的瓦工，瓦工先看见了一双穿着解放鞋的水泥脚，瓦工抬头望了上去，望见一个人蹲下来。爸爸将脑袋凑在瓦工边上，问他，二安你有二百块钱吗，借我一下。

二安看也不看，凭惯性从屁股后面摸来一块砖，熟练地粘住刚抹的水泥，瓦刀的刀背剋了两下砖块。弄完这些，二安这才与爸爸说，你看我像不像二百块钱。

二安声调高了些，爸爸想钻到地底去。二安也知道自己语气的不耐烦，又拉不下脸，便趴到爸爸耳边说，别说我没钱，便是有钱，谁敢带钱上工呢。不过呢——二安知不道何时手里多了一块砖，熟练地抹上水泥——你去问问聂大头，我听说他前几天搞那个赢了钱，他身上兴许能带点。还有，千万别说我说的。

身后传来咔咔声，越来越快。走了一阵，爸爸冷不丁滑了一跤。爸爸似乎忘了水泥窝是不是走过了，来不及考虑，爸爸进了夹斜路。爸爸需要跨过一只红塑料桶才能过去,这只桶是爸爸先前从很远的地方提水过来(我

179

全家福

甚至怀疑爸爸是将我与妈妈昨晚用过的那只红桶提到工地来了,尽管这个红桶看起来更脏更坏),搅拌水泥用的。爸爸膝盖不会打弯似的,带累了红桶。没想到还有半桶水,哗的一声淌了出去。红桶滚了两滚发出空空的声响,一定是水都流尽了。红桶隆隆地一直滚,还要好远才能碰到一块砖头。那摊水泼进一片沙土,很快便被喝干了。

我低头看了看右手,干干净净,什么也没有。我总觉着很脏。我在想要不要看看桶里还有没有一点水,给我洗洗手。一点点就行。

爸爸走了两个台阶,来到拐杖面前。爸爸没想好怎么开口,叉着腰,不动了。

那只还在滚动的红桶上宽下窄,因此滚出一道曲线。弯曲的路线没有弯到绕过那块砖头,很快红桶便磕到砖头。红桶磕到砖头的刹那,我只觉得是这块砖头突然砸中了自己的后背,我心头说了一声跳啊,果然,红桶跳了一下,居然跳了过去。

似乎那只红桶也砸中了爸爸的后背,爸爸才说了出来,老聂,有没有二百块钱,借我用用。

老聂有点太老了,他笑着说,老婆找你拿钱来了?

爸爸不好意思地笑了,说,到底有没有?

拐杖把手伸进怀里胡乱一摸,摸出一张皱巴巴的

全家福

五十块钱。拐杖再次把手伸进怀里,摸出另外一张五十块钱和两张十块钱。爸爸的脸突突跳动了几下。把钱放到一块儿,而后,摘出两张十块钱,拐杖说,就这么多了,我不能都给你,总要留个饭钱。

爸爸严肃的脸不再紧绷,终是松了一口气。爸爸接过一百块钱,连连点头,说,明白明白,谢了哈。

我与爸爸走了一阵,我听到了后头有人叫,三叔三叔。爸爸不扭头我知不道那是在叫爸爸。我跟着爸爸扭头,看到堂哥意外地跑了过来。

爸爸说,咋了?

堂哥跑到近前,才气喘吁吁地说,刚忘了与你说,上周我去二叔那里,他叫你有空去他那里一趟。

爸爸说,二哥么子事?

堂哥说,我也没细问,二叔与我爸说过一嘴,我猜还是想开个诊所的事体。

爸爸说,出租车开得好好的,开什么诊所?

堂哥说,你知不道?开出租看起来好,也挣不了多少钱。他那一大家子开销也大。我就去一趟,他那出租车的油钱还是朝我借的。

堂哥说罢似乎觉着自己说错了话,冷不防地扬了扬手。我还以为他胳肢窝痒痒呢。

全家福

爸爸说，没钱怎么开诊所？

堂哥说，瞧二叔的意思，我估摸着卖了车子再开吧，你到时候问他吧。

堂哥说罢，似乎为了弥补自己的过错，摸了摸裤兜，掏出一团东西，那团东西里有一串钥匙，有一支钢笔，有一张钱，还有一些知不道什么纸。堂哥似乎怕我们看到，迅速地装了回去。我知不道爸爸看到没有，虽然叠了几叠，我还是看到那是一张如假包换的五十块整钱。堂哥窘迫地摸另一个裤兜，摸出一叠钱和一颗扣子。堂哥数了一数，那是五张十块的。好像这些加起来才五十块的零钱，不是别的零钱，而是堂哥把刚刚那张五十的整钱，在衣兜里打碎成零钱，重新掏出来的。堂哥一手抓住了钱，像一把抓住了一个小偷。堂哥说，我也没有多少，就只有这些碎钱了……

回去路上，我与爸爸走到了一个三岔路口。估摸着快到前面的矮墙了，爸爸可能心情很好，突然停下来。爸爸说，儿子，我们比赛吧。

我说，比赛什么？

爸爸说，我们比赛看谁先跑到你娘那里。

我说，我才不要。

全家福

爸爸说，为什么？

我说，你多大，我多大？我才跑不过你。

爸爸说，爸爸让你十下。我站在这里不动，你先跑。我从一开始数，数到十再跑。你看怎么样？

我点了点头，说，嗯。

我与爸爸面对墙壁，并排站在一起。爸爸说，准备好了吗？

我跃跃欲试，说，好了。

爸爸说，预备——开始！

我突地蹿了出去，边跑边扭头看爸爸，他果然没动。我跑去太远，爸爸已然数到三了。我加快脚步，借着助跑的力量，翻身上了豁口的墙。跳下去的时候，我崴了一下，没有大碍。我听不到爸爸数数了。爸爸就要跑来了吗？我沿着墙壁，直直地跑出很远。离墙角越来越近了，我扭头看爸爸，爸爸还没追来。拐过墙角，我便看到妈妈在前面不远的地方，我大为放心。

我跑得太快，来不及刹住，跑过了妈妈才停下来。

我高兴坏了，因为我赢了。

妈妈说，你爸呢，怎么就你自己？

我说，爸爸一会儿就来。

妈妈奇怪地看着我，你笑什么？

全家福

我说，爸爸输了。

妈妈紧张地问，你爸输什么了？

我没做声。妈妈焦急地望向墙角，爸爸还没过来。我们等了好久，爸爸还没人影。爸爸不会出事了吧？我想过去接爸爸，看了看妈妈。妈妈说，怎么还不来？

我与妈妈齐齐望向那处墙角，爸爸久久不回。好像爸爸永远不会回来了。

那是一处尖锐的墙角，我与妈妈再次看向对方。我们都在等爸爸回来，仿佛我们等待的是不同的人。

刚刚的墙洞里，突然有狗钻出来。先是钻出一只狗头，摇摇脑袋，晃落枯叶。我与妈妈便看到，这狗头不是别的，是爸爸从墙洞里意外爬了出来——怎么说呢，爸爸没有公职，作为一个地道的农民，很意外地长了一张凶脸，怎么个凶法？这个出身卑贱、高大威猛的人，这时候偏偏天生一张毫无疑虑的狗脸，不，是狗头，还是一尊沙皮狗，褐色毛的。不知是狗投错了胎，还是他投错了胎，这副样貌应该生在一位美国的派出所所长身上才是。这位所长紧紧领带，挠挠后脑勺，叼一支雪茄，不怒自威。这副样貌也该生就一个动物的姓氏，猪牛马羊，鸡鸭狗鹅，随便挑嘛。最不济，看久了这张脸，你会怕他，怕他冷不丁冒出一个汪字来，甭管你信不信，

全家福

这个字会咬人的——我真怕爸爸汪汪叫出两声。而我与妈妈长久的等待只是错觉,根本没有等待,仿佛时间过得飞快,爸爸刚刚从墙角消失,便意外从这边的墙洞里出现了。

看到爸爸,我便大喊,我赢了我赢了。

爸爸的身体还没爬出来,只是晃着狗头,对我笑着(狗居然会笑)说,好好,你赢了你赢了。

爸爸掏出刚刚借来的钱,数给妈妈。妈妈看到多出的三十块钱,没有说话,捏了一捏,揣进兜里去了。

爸爸送我与妈妈出了树林。我们绕开树林,踩着道边的野蒺藜走。他们低头走路,只有沙沙声。我们这条小径与另外一条小径在三岔路口合成一股,也没有变得更粗。没有草了,有时立着一棵树,蓬松的树叶唯唯诺诺。再往前一些,遭遇河流之前左拐,地势愈来愈高,两边不再是荒地,草垛的圆顶抹泥上铺着的塑料纸猎猎作响。草垛以后,我们重新沿着树林边沿走了。就像我们刚刚从树林里走出来,来到地势更高的柏油路边。

柏油路边,有很多细小的石子。妈妈要我爬上自行车的后座。妈妈扭头与爸爸说,走了。

爸爸动也未动,说,快走吧。

妈妈骑出很远了。我扭头望向爸爸,爸爸已经不见

全家福

了。我不甘心，眼睛四处乱晃，爸爸没在树林里。爸爸突然又原地出现了，纹丝没动，却在更远更小的地方。我情不自禁，冲着爸爸大喊了一声，爸。爸爸正朝我们挥手。我知不道爸爸一直挥手还是刚刚开始挥手。挥手是会传染的，我也朝爸爸挥手。

挥不到两下，我心里咯噔一下。有什么从我脑后闪过。那也是爸爸站立的身影，爸爸刚刚一定在狗洞后面站着等了许久，等我先到了才钻出来。

爸爸背后的白杨林，便是我们绕过的白杨林，也是我与妈妈穿过的白杨林。那是一片安静的白杨林。那片白杨林是那样广大，那样深邃，其实只是很小的一片。我知不道爸爸为什么还不转身钻进白杨林，爸爸似乎在等，等一条龙从白杨林深处游出来。

妈妈载着我，拐到解放路，我看到了大大的太阳，仍然是从南方升起的太阳（尽管我知道这是早上九十点钟的太阳）。

很快我便看到铁路了，这条铁路应该是从曹县出发路过定陶的那条铁路吧。幸亏当初我快到定陶，早早放弃，没想到过了一夜，我要走了，这条铁路才姗姗来迟，将将来到菏泽。

全家福

妈妈骑了不久，便停下来。我与妈妈沿着铁路走了一段。下一段还是铁路。我们从铁路走到铁路，铁道像一只谁也追不上的兔子，向前跑去。向兔子的尽头走上一阵，我们便遇到电线杆，走过了三根电线杆，妈妈停了下来。

妈妈把自行车倚在电线杆边，车把向一边歪去。车的前轮滑了一下，差点滑倒。

我们脚下都是石子，走起来咯吱咯吱响。好像石子在笑。好多石子，也好多笑啊。这些都是从铁轨和枕木底下溢出来的石子。妈妈走到不远处一根四四方方的公里石碑边，坐了下来。石碑周身刷了白石灰（也可能是白漆），石碑上写着 25 的红字。我站在妈妈边上，知不道妈妈为何不走了。

妈妈与自行车离得远了一点，她也不看自行车，仿佛要与自行车恩断义绝，所以自行车早就歪歪车把，无可奈何了吧。

妈妈顺着铁路的方向望了过去。妈妈望见铁路尽头了吗？空空如也。好像是妈妈耗尽了铁路的尽头。

若不是一列火车驶了过来，妈妈不会带我离开。火车到得很快，从铁道尽头呼啸而来。火车起初只是一根火柴棍，我一根指头便能碰倒了。后来，火车鸣笛了，

全家福

也变大了，越来越大。从身边驶过时，我们脚下的大地在发颤，石子则似刚刚被煮沸，微微跳动着。火车开过去了，带出了很大一阵风，几乎将我带倒。

这不是别的火车，应该是从屠头岭开来的那辆火车，也是从昨天开来的火车。这辆火车真迟，我都要走了，你才来。

妈妈似乎被火车带走了，望着空空的铁路，久久不动。

铁路的尽头，再次放空了，那空一直通往天边。天边很远，然而天空很近，天空也异常蔚蓝，还有白云。妈妈从来没见过蓝天和白云似的，仰望天空。妈妈知不道天空还有蓝天，也知不道天空还有白云，但此刻确实一只鸟也没有。可是有风，这次是天空的风，秋千一样荡下来，很轻很轻。跟着妈妈的目光，我似乎看到了风的形状，那是云的形状。然而，我也看到妈妈是一只没脚的鸟，在那没有一只鸟的天空，飞来飞去，永不下来。

知不道过去多久。也许很长，也许很短。太阳已是要升到天空的正中了。我们拐到另外一条与铁路平行的柏油路。妈妈叫我坐上自行车后座，她要重新骑车了。

不像我来时走的是涵洞（涵洞上面便是火车碾过的铁路），妈妈沿着铁路骑车，铁路越来越远了，看不到铁路的时候，我们便到车站了。许多机动三轮车停在车

全家福

站。看到我与妈妈过来，不少司机迎上来说，申楼申楼去不去？杨庄杨庄去不去？妈妈找到昨天的司机，那人看见妈妈便咧开了嘴，说，上车回家？

妈妈看看我说，孩子回家，我不回了。

司机看看我，又看看妈妈。妈妈说，还待多久出发？

司机说，来得正好，上车便走。

妈妈掏出一些碎钱（我看出来这不是爸爸刚刚借的钱），拣出三块，说，加上昨天的车费，到太平的十字路口下车。

司机熟练地接过钱，说，我办事，你放心。

妈妈双手摁住我的肩膀，说，午饭来不及吃了，你自个儿回去吃吧。赶快坐车回去吧，别耽误了下午的课。

我的一只脚踩上踏板，就要上车了。妈妈拽了我到路边的杨树背后，由兜里摸出一样东西，死死摁进我手里。我看不清么子。妈妈松了手，我才看见是二十块钱。这是两张十块钱团成的一团。就我知道的钱数，妈妈手里起码还有一百三十块钱，那是爸爸交给妈妈的钱减去二十剩下的一百三十块钱，两张五十的和三张十块的。我心算了一下，虽然绞在我手里的这二十块钱，都是爸爸的二十块钱，但我知道二十块钱里面，只有十块钱是爸爸的，另外十块钱是妈妈补进来的。妈妈交完房

全家福

租还有十块钱的盈余。

我想起妈妈常与爸爸说的一句话，一分钱掰成两半花。叫我有种奇怪的想法，好像这二十块钱不是两个十块钱凑起来的，是妈妈掰开一个十块钱做两半，掰成的二十块钱。

妈妈说，这钱你装好，别弄丢了，到了学校就给老师吧。

妈妈看着我把钱装进上衣的口袋，就把我口袋的扣子扣好。妈妈笨拙的手法，似乎把她手也扣进扣子了。妈妈拍拍我的口袋，拍得更扁，不让人看出装了东西。妈妈说，别让人看见了。

司机远远地喊道，还有上车的没有？马上走了！

妈妈领我回来。车里更加拥挤了，似乎没了我的位置。司机帮着撇开刚刚挂到后面的两辆自行车，让我钻进去。我踩滑了，妈妈把我抱了上去。我听见车里有人说，怎么还要上人，超载了超载了。

司机说，最后一个，最后一个了。

车厢的最深处悠悠传来一股深沉的嗓音，这都多少最后一个了。

我已经坐进车里，坐在妇女刚刚挪开的空隙，一个司机早早为我备好的马扎里。一坐下去，我觉着我像深

全家福

陷热气腾腾的人窝里了。

司机一面将剩余几辆自行车挂上机动三轮车，一面说，我说了这回是真的，真最后一个了。

三轮车突突地响了，我感到了震颤。三轮车出发了，妈妈还站在后头。我想要不是妈妈用力推了一下，三轮车不会前进的，虽然妈妈根本没动。

三轮车刚刚启动，妈妈突然跑了过来。妈妈边跑边解开脖颈的纱巾，递给我。我接过纱巾，茫然地望着妈妈。妈妈气喘吁吁，大声说，天凉了，系上它。我遵照嘱咐，像系红领巾一样系好纱巾。妈妈这才停下来，弯着腰看着我。

我蜷缩在马扎上，膝盖顶着下巴，我的上下牙齿咯咯打战。妈妈离我越来越远了。妈妈在时我没感觉，现在妈妈越来越远，我突然想跳下车，跑回去，跑到妈妈边上。车速已经很快了，我跳下去摔不死，也会摔得很疼很疼，我怕摔太疼了，终究坐住没动。我觉着妈妈不是妈妈了，妈妈是刚才爸爸身后的那片白杨林，一直都在，哪也不能去。而我在等，等一条巨大的龙，飞机一样，发出隆隆的声响，从妈妈头顶飞过。

飞机多稀罕呀，比龙还要稀罕。

全家福

三轮车司机开过了太平的十字路口，一直向东，路过了照相馆，开到了我家门口，才把我放下来。司机以为我要回家，他居然知道我家在哪。妈妈不是与他说放在十字路口吗？

我需要一路向西，跑回十字路口，再向北拐去，才能重新往学校去。

快要迟到了。姐姐应该已经坐在教室里了吧。我不该开门进家的，何况还锁着门。好像为了验证爸爸妈妈姐姐都不在家里，我掏出钥匙开了门。我知道他们都不在，看到空空荡荡的院子里一个人也没有，我仍不免失望。我家的院子里，有一株枣树。这株枣树好像是从爷爷的院子里挪来的。于是这座院子看起来像是爷爷的院子。而爷爷现在住的村里的院子则仿佛是祖爷爷的院子。

看到这株枣树，我仿佛看到爸爸妈妈，还有姐姐，也都在院子里。

在镇子的边缘，也就是临近柏油路的这里，爸爸租了一块地皮，用刚刚从另一处拆来的红砖和青瓦盖了一处四四方方的院子。

这座院子虽不是我们的地皮，总归是我们的院子。地皮是租的，爸爸像是不想让院子漂在地上，便打了深

全家福

深的地基。房屋和院墙盖好以后，也总有浮皮潦草的错觉。是此，爸爸种了一株枣树在院子里，仿佛枣树扎根了，我们的院子也便扎根了。枣树是从爷爷的院子里挪来的。俗话说，拔出萝卜带出泥，把枣树拔出来，带出来的便是爷爷的泥，种进了我们的院子。

枣树栽好以后，院子便知趣地变化了。打从大门进来，仿佛院子里从来便有一株枣树。

爸爸正费劲地爬上枣树。有那么一瞬间，我以为爸爸在摘枣子。而后，想起来过几天是大年初一，寒冬腊月哪来枣子呢。别管木枣灵枣，什么枣子也没有。便是零星的树叶也不支在树梢。只有枯枝和分岔的枯枝奋力向上。新年将至，爸爸奋力攀爬树枝，要往树上挂红灯笼。都是很小很小的灯笼，里面没有蜡烛，也没有灯光，只是红纸折叠的小小的灯笼，与我的拳头一般大，都是我的拳拳之心呢。

爸爸写了春联和福字，红纸还没用完。爸爸突发奇想，折了许多小小灯笼。春联贴门框，大大福字贴门中，还有小小的福字倒贴在衣柜镜子上、廊柱上、枣树上。

姐姐就在树下停不住，一会子站这儿，一会子站

全家福

那儿。爸爸叫一声"给我",姐姐便伸手给爸爸递灯笼。姐姐手上好多灯笼呀,仿佛是爸爸刚刚从枣树上摘了一颗一颗灯笼递给姐姐。这些灯笼,真是成熟的灯笼呀。

爸爸有爸爸的道理,这些灯笼上,个个被爸爸写了个福字。待到把所有灯笼挂满枣树,仿佛枣树结满了立体饱满的福字。红红火火,吉祥如意。

我刚刚站到这里,爸爸突然叫我一声。如果没有爸爸叫住我,我不会站在这里。仓促答应一声,叫我抬起头来,也叫我站在了除夕的院子里,而非今天的院子里。

爸爸再次喊我了,我不及应声。爸爸说,干什么去了,这样晚才回来?爸爸的语气,仿佛责备我不该到菏泽跑了这样一圈。

我不敢说话,仿佛我一说话,爸爸便会消失不见了,姐姐也会不见了,只有挂满福字的孤零零的枣树。

是妈妈突然从堂屋里走出来,解救了我。妈妈出现得相当意外。堂屋里面黑洞洞的,什么也看不到。看到妈妈,我大喜过望。妈妈竟然看见我像个孩子,尽管我确实是个孩子。妈妈困惑地看我一眼,仿佛在怀疑我。妈妈的脸比菏泽的妈妈年轻几岁,头发也难得刚刚洗过,并为新年烫了卷发。

面对爸爸,妈妈便是我的救命稻草。

全家福

是此，我故意大喊一声，娘。

妈妈被我喊住了。妈妈说，正要找你呢，你跑哪哈儿去了？似乎妈妈也同爸爸一样，责备我不该大老远跑去菏泽一圈。

我与妈妈说，娘，你做么子去。

妈妈说，就要过年了，给你爷爷送碗水饺和蒸肉去。妈妈想再说么子，瞥一眼别处，嗫嚅着嘴巴，终究没说出来。好大一会子，我才意识到妈妈刚刚瞥的是爸爸。本来，我想问妈妈找我做么子的话，也改口了。

我说，饺子么子馅的，给我吃个呗。

妈妈说，这是给你爷爷的，锅里还有，你要吃自己舀去。

我说，锅里都是么子馅，这一碗都是么子馅？

妈妈说，你想吃么子馅，猪肉大葱还是韭菜鸡蛋，荤的素的都有，想吃么子，自己挑去。

妈妈说罢，便走过了我，向院门走去。眼看妈妈还差一步便要走出院门，我掉身喊住妈妈。我说，锅里包了糖饺子吗？我想吃甜的。

妈妈说，今个没包糖饺子，明天再包糖饺子，明天再吃。

见妈妈没领会我的意思，我便直接说，我给爷爷送

全家福

过去吧，爷爷那里还有糕点，我想吃爷爷的糕点。

妈妈说，那有么子好吃的。妈妈总是下意识否决爷爷，否决爷爷能给的所有吃食。你爷爷能给么子好吃的，妈妈总说。

这不过是托词。我说的不是糕点也不是甜食，我说的是爷爷。爷爷那里别的糕点少之又少。爷爷所有的甜食只有一样，那便是冰糖。爷爷每每见我，便从怀里掏出一块手帕。手帕包裹层层叠叠，爷爷打开手帕，像打开一朵花。爷爷最后从花心里捏出一颗冰糖给我。爷爷说，小，吃吧。有时爷爷心情好，便给我两颗冰糖。冰糖除却甜味还有牙碜。是爷爷没洗干净的衣服和手帕沾的尘土。妈妈见了，忍不住说，吃它做么子，多好吃似的。

没错，冰糖除了甜一点也不好吃。

但凡过节妈妈从来不愿给爷爷吃食，爸爸便与妈妈怄气，妈妈不得已便送。很多时候，妈妈不去便是爸爸去。爸爸总有忙的时候，比如今个，爸爸要写对联、贴对联，还要给枣树挂灯笼。这个重任便是再次落到妈妈肩上了。

妈妈拧着身子，再次望向爸爸。爸爸没有做声。妈妈试探性地问我，你一个人去爷爷家不要紧吗？

我说，我与姐姐一块儿去，我们一块儿便没问题了。

爸爸依旧没做声，看来是默许妈妈这样做。妈妈便

全家福

大胆将食盒递给我。妈妈说，你和姐姐抬着去，路上小心，别绊倒了。

姐姐走过来，她的两条胳膊摆动幅度不一样大。看起来姐姐一边肩膀高，一边肩膀低。

我还想问妈妈饺子是肉馅还是素馅，终究没问出口，只是迅速想起爷爷关于饺子的笑话。爷爷经了两世的饥荒，对饺子有近乎痴迷的热爱。是此，爷爷也常常自己包饺子，而且，似乎任何食物都能做饺子馅。爷爷吃饺子几乎吃不够。有一次，我和爷爷吃饺子。本来我想吃完自己碗里的再吃爷爷碗里的。妈妈向来如是，我还没吃完自己碗里的，妈妈便往我碗里拨来许多饺子，碗里常常冒了尖。爷爷吃饺子比我快多了，每每吃完，爷爷便笑眯眯与我说，饺子居然也是有限（馅）的。我记得当时爷爷笑的时候，露出白森森的牙齿，似乎要把我也吃掉。

我握住食盒一边的提手，姐姐握住食盒另一边的提手。我们一人一边，走向院门。

不过，姐姐给妈妈手中塞了一样东西，才接了食盒。仿佛她们是等价交换，一手交钱一手交货。我看到妈妈手里，不过是一只灯笼，爸爸的灯笼还没挂完。姐姐剩下的任务便是交给妈妈了。

全家福

一阵风过,惊动了整个院子,冷飕飕的。

我与姐姐走出院门许久了,回头还能看到我们院子以及院中的那株树。我是想看树上的爸爸的。是啊,我是要看爸爸的,无意看到了一株树和树上缀满的灯笼,在冷风下簌簌地响。这株树上簌簌摇晃的灯笼一点也不像灯笼,更像是缀满的柿子。这株枣树看上去,无疑更像一株柿子树了。尽管我从来不知柿子树长个什么样子。

快到学校了,我被路棹麟喊住。他神秘兮兮地带我走上岔路。我说,你怎么不去学校。路棹麟说,你不也没去。哦对,你小子上午都没来。我说,我有事,现在我要去上课了。路棹麟说,跟我走吧,有好事。我们绕到学校后面的一片杨树林。

树林里烟气弥漫。我怀疑走错路了,拐了一个弯,透过不同程度的暗影,我看到他们燃起一堆火。他们在抽烟,一个传给另一个,就着火堆点着。他们为什么要烤火?一不是冬天,二不是黑夜。

他们早早望见了我们,路棹麟也不躲了,直接坐进去。王海瑞也挪了一挪,让我挨进去。李成祥拨了拨火,有火花爆裂开来。王传志把烟头扔进火里,突然兴奋起

全家福

来，整张脸都烧了起来。他一只手卷成筒状，另一只手的食指插进筒窝里，再抽出九成，好像这只手是从另一只手里长出来的。他问我，这个，你见过没有？我知不道他想说什么，不敢轻易回答，摇了摇头。不知谁望了我一眼，谁都有可能。我脸上不停地流汗，哭过一样。王传志严肃起来，他说，听路棹麟说，你想加入神龙帮？我说，可以吗，我可以吗？

坐在火堆旁，我想起来还没吃午饭，越想就越饿。熊熊火焰，烘着我的脸。我两只手抄进口袋，那半拉红薯没了。应该忘在姑姑家了，我记得在姑姑家吃螺蛳的时候把红薯搁到桌上，准备吃罢螺蛳吃掉红薯的。可怜巴巴的红薯，放到这会，应该着凉了吧。

王传志给李成祥使了个眼色，说，差不多了吗？

李成祥说，应该可以了。李成祥抽出一根烧作一半的树枝，在火堆里扒拉几下。李成祥莫名说，怎么找不着了。很快他兴奋道，找着了。扒出一块黑乎乎的红薯，沾满灰烬。

王传志说，入帮是有仪式的。

我说，什么仪式？

王传志说，把这个吃掉。

我说，这是什么？

全家福

路棹麟说，老鼠，老鼠肉。

王传志瞪了路棹麟一眼，我叫你说话了吗？路棹麟吐了吐舌头。但听王传志说，老鼠肉。

我说，我不饿。

王传志说，不饿也要吃。

我说，是不是太腌臜了？

王传志说，你不吃不能加入神龙帮，以后也不准和我们一块儿玩。

我说，万一有毒怎么办？我知道这只是我的借口。我只是觉着硌硬。谁吃过老鼠肉啊，死也不要吃老鼠肉。

王传志说，我们入会的时候都吃过，没有毒的。你们说是不是？王传志面向众人。他们纷纷点头称是。

看我不识好歹，王传志有点发怒，说，那你走开一点。推搡了我一下。我仰了过去，又坐了过来。我舍不得离开。王传志说，吃一口也算。

我有点犹豫，没有反对，也没有说要吃。王传志看到这样境况，拿起老鼠肉撕了很小一块，你要怕有毒的话，我先吃，我吃过以后你再吃。于是，王传志小心翼翼地捂着嘴巴咬了下去，并且深深地咀嚼。

王传志把肉给到我的时候，我没有理由不吃了，便颤巍巍地接住。

全家福

我把老鼠肉吞进嘴里，并在王传志的监督下嚼动。我还是硌硬，咬了一下觉察不对劲，囫囵咽了下去。

王传志说，什么味道？

我说，酸酸的。

王传志哈哈大笑起来。我知不道他笑么子，其他人也附和着笑。

我的脸看起来像是要哭了。但我没忘他们答应我的，我说，我现在是神龙帮的人了吗？

王传志说，交了会费你就生是神龙帮的人，死是神龙帮的鬼。

我说，怎么还交钱？

王传志说，向来便收钱，不收钱叫什么帮会。

我说，会费多少钱？

王传志说，会费是一支烟钱。

我说，烟？么子烟？

王传志说，你前天抽的那支，便是你入帮的烟卷。

我说，前天也没说要钱啊。

王传志说，今天说也不晚。

我说，我说我不抽烟，你们偏要我抽。我知道他们这是设立各项名目，变相收钱，便问，一支烟多少钱？

王传志说，看你诚心诚意，就收你一块钱。

全家福

可是爸爸抽一包哈德门才不过一块五。

我登时说,那我不入了。

王传志说,烟也抽了,肉也吃了,现在说不入,晚了。

我说,我说我不吃你们偏要我吃的。

王传志吩咐李成祥和路棹麟摁住我。我蜷缩起来,死死捂住裤子的口袋。李成祥早已掰开我的手。路棹麟犹犹豫豫,王传志见状,问路棹麟,你想挨揍不成?路棹麟这才苦着脸摁住我的双腿。王传志倚身上来,把我的裤兜里子掏出来,翻出了一叠钱,还有一颗枣子。不是一块吗?这叠钱可有三块。三块钱,一块是硬币,两块是纸币。王传志把钱拿在手里,把枣子看了一下,嘟囔一句什么玩意便扔一边。起身前,王传志抓住我的衣领,另一只手探进我的脖颈。他说,戴个女人的东西,也不害臊。他一把把我脖颈上的东西扯了出来。拎在他手上的是妈妈的纱巾。我居然忘了我还戴着纱巾。我挣扎说,还给我。王传志转身便走,摇着手里飘荡的纱巾,冲我说,你来拿呀。路棹麟走前,扭头看了我几次,也跟跟跄跄走了。

王传志走了不远,扭头神秘兮兮地望着我,大喊道,你个傻子,我刚才根本就没吃,我骗你呢!

全家福

知不道上课铃响过没有，我不敢走学校正门。来到学校东墙的小路外面，我远远看见学校西边的第一排房屋，太阳挪到西方多久了？它也挪了房屋的阴影在东边，好大一片阴影，像是从楼房里分离出来的，一部分倒了下来，竟然砸不坏院墙，很没出息地跪在墙根下，头颅挂在墙外。眼看房屋剩下的部分也要倒下来，我翻身跳进校园。

跳下墙头，就在不远处的一株树下，我看到了妈妈的纱巾。我以为看错了，大喜过望，跑了过去。我没敢再戴上脖颈，揉巴揉巴，揉做一团，勉强塞进裤兜里。我摁了摁鼓囊囊的裤兜，听到有人喊了一声，我心知坏了。那人说，你哪个班的？冒冒失失，不走大门。

我转身看到了三班班主任刘玉常。我低了头，没有说话。刘玉常说，问你呢，哪个班的？

我只好说，二班的。

刘玉常说，为么子迟到了？

我撒谎说，路上绊倒了。

刘玉常显然不信，也没再说么子。他说，跟我走一趟吧。

我跟在刘玉常后头，心中不安。学校变得好大，走了好久，总也走不到头。我怀疑刘玉常是不是带错路了。

全家福

刘玉常确实带错路了。他不带我去办公室吗？我们走过这排房屋，再走过一排，我看见了那株桑葚树，刘玉常怎么带我来到我们班了。

是这里吗？刘玉常说。

我点点头。

我们班级后门照常锁着，前门也关着，好像今天不上课。刘玉常走了过去，隔着门上的玻璃往里望了一望，便是开了门。里面哄哄的声响，登时安静下来。

我以为他要走进教室了。然而，刘玉常只是转头与我说，你们班主任不在，你先进去吧。

我从他身下钻过去，几乎是弯着腰走进教室。教室里安静了一会子，就再次闹哄哄了。路棹麟他们几个，也都坐进了座位里。

没谁问我上午为么子没来，好像他们个个都已知道我刚从菏泽回来。

门口的刘玉常知不道什么时候，已然离开了。阳光从门口打进来，有一角的阳光，巴在讲台，像一块三角形泥巴。

前面黑板离门较远的部分反射着模糊的白光。明桃从一个本子往另一个本子誊东西。我从桌洞翻出语文课本。我就这样耗下去。一张纸条从后面递过来，折了两折，写着：给陆秀红，谢谢。我向前去看马尾，视线被很多颗脑袋推来挡去，再向后看去，刘翠玲突然望我一眼。我有些闷闷不乐，把纸条递到前面去。教室里四处寂静下来。纸条一个一个过人，很是坚决，到达第一排。陆秀红眼睛大睁着，看上去很远，也很柔弱。回来的纸条是新的一张，果然写着：给刘翠玲。

班主任终于来了。班主任一来便讲课。班主任讲起上个星期的测验试卷。我一句也听不进。他们个个手里都有张卷子，就我没有。没有试卷，怎么听得进。现在连多少分数我也不关心了。

班主任每次从我身边经过，我的心都咚咚跳动。然而，班主任每次经过都没叫我。我既怕班主任叫我名字，似乎又期待班主任叫我名字。上课时间还没过半，班主任便讲完了，让我们上自习。班主任终究没有叫我，我说不清是失望还是松了口气。

刘玉常突然从前门走了进来，找到班主任。

他们两个无所事事，就在教室门口说起话来。他们的身形挡住了外面的光。

刘玉常与班主任说话的时候，我紧张到一条腿抖动起来。

刘玉常与班主任漫不经心道，老廖的事体你知道了

全家福

吧，以后吃饭碰见老廖可要小心着点，别跟老廖一块儿吃饭咯。

班主任惊讶道，老廖么个了？

刘玉常说，你居然知不道？

班主任说，一点毛星也没得，你说说到底么个了？

刘玉常说，还不是他儿子和儿媳妇闹别扭，喝了敌敌畏了。

听到他们说及敌敌畏，我莫名心动，想起昨天二舅家窗台的那瓶敌敌畏，想象廖老师喝掉的便是二舅家窗台的那瓶敌敌畏。

班主任说，老廖喝了敌敌畏了？

刘玉常说，不是老廖，是他儿媳妇喝了敌敌畏了。

班主任说，啊呀，我以为你说老廖喝了敌敌畏了，现在怎么样了？

刘玉常说，就赶紧送到医院了，幸好喝的是敌敌畏，不是百草枯，百草枯就麻烦了。医生一边给她洗胃一边说，也是送得及时，保了命了。

班主任说，他儿媳为啥喝了敌敌畏？

刘玉常说，就是婆媳拌嘴呗，还能因为啥。

班主任说，这不是好事，与老廖何干？

刘玉常说，你别急，容我慢慢说。他儿媳妇抢救过来，

全家福

差不多好利落了,就该出院了。出院之前就给她做做各项检查,这一检查不得了,你猜咋着,竟然得了乙肝了。

班主任说,他儿媳查出乙肝了?

刘玉常说,谁说不是呢。这一下不得了啦,他们一家子不得不都查了一遍,结果一家人都是乙肝。知不道是谁搁外边传染了,然后传染了一家人。现在一家人埋怨过来埋怨过去,吵成一锅粥。怪来怪去就怪儿媳妇不该喝敌敌畏,不喝这个敌敌畏,他们一家也就不会得了这个乙肝了。

班主任说,你看这一家子闹腾的。

刘玉常说,你以后搁学校吃饭还是离老廖远些。

班主任这才恍然大悟似的,那是那是,我从来也就没与他一块儿吃过。

刘玉常突然神秘一笑,趴到班主任耳朵边上说了一句话。我听不见刘玉常说了么子。我们全班也没有一人听见他说了么子。刘玉常说罢,意味深长地扫过班里的我们,我只觉着他的目光扫过我的时候烫了我一下。我的心上再次抽抽一下。我心想坏了,揪心这样久,刘玉常终究没有忘记告我密。

刘玉常说罢,与班主任一同笑将起来。随后,刘玉常便走开去了。

全家福

班主任从门口重新走上讲台,在讲台收拾了一下讲义和教科书,并且拿起一张名单。班主任看了一会子,眯起眼睛,在我毫无准备的情况下,喊了我的名字。班主任说,赵麦生。

班主任叫我名字的瞬间,让我有一种错觉,仿佛班主任喊的不是我的名字,而是在喊,敌敌畏。

我觉着自己真是从窗台上跳起来的一瓶敌敌畏,浑身一抖,全身舒畅,还是绿瓶的。班主任终是想起我了。可是,我该怎么解释上午的缺课呢?

我硬着头皮走上讲台。只见班主任拿起刚刚的名单,也就是硕大的一张纸递给我。班主任说,你的试卷怎么没有拿?

我接到手里,定定看到一张试卷,歪歪扭扭写着我的名字。就在我的名字边上,便是红红的分数。62分底下还有两道红杠,好像在我脸上连划两刀。

我拿着试卷,看了看高高在上的班主任。班主任高大威猛,也有佛祖的威严,后脑勺冒着圆圆的金光。我嗫嚅着,想要开口。班主任偌大的手向我盖了下来,盖在我的脑袋上,班主任说,下次要努力了。

我没胆说话,众目睽睽之下,向自己的座位走去。

班主任将讲义和课本往腋下一夹,最后扫视一眼,

全家福

走下讲台，走到第二排的刘娜边上，躬身与刘娜耳语了一句，便出门了。

班主任出门的刹那，巴在讲台的阳光闪烁了一下，再次巴住了讲台的就只是明亮的边沿了。

王传志个子高，坐在倒数第二排。一旦班主任不在，他就会突然放屁，或者连环屁，或者拐了弯的屁，惹得大家一阵哄笑。刘娜说，王传志，你再说话我记你名字了。

我把试卷胡乱掖在课本下面。明桃掀开课本，竭力想要看我的分数。我压住不给她看。

明桃瞥了我一眼，嫌弃一声。

明桃捅了捅我。她说，我的刀子呢？

啊呀，明桃的刀子我还没还给她。

我把书包放在自己怀里。我的书包，原来裂开的很大的口子没有了。是谁把这个口子吃掉了？我拉开拉链，姑姑送给我的衣服暴然被吐了出来。我从书包里压住姑姑给我的衣裳，努力不让衣裳冒上来。我艰难地掏出铅笔盒和那本《在希望的田野上》。铅笔盒里果然只剩削了一半的铅笔，根本没有刀子。我忘了刀子。我知不道该怎样与明桃说。

我知道明桃的刀子定然被我留在菏泽了。我不死心

全家福

地在书包里摸了又摸，刀子果然不在。不过，我发现书包是从里面被缝过的，缝得严严实实，外面的口子一点也看不出来了，好像书包从来没破似的。

再次看到了表哥的衣裳，我的心突然抽紧了。

茫茫然望着我的桌子上刻的"早"字，我继续想起明桃的刀子。这个"早"字刻得很坏，可毕竟是个"早"字。而且这个字被我刻得很扁很扁。当时，我便是用了明桃的刀子刻的这个"早"字。然而，这不是明桃的"早"字，也不是我的"早"字。这从来便是鲁迅的"早"字。

为了躲避明桃的追问，我跑了出去。

刚刚出门，我想起忘了把试卷藏进桌洞。明桃一定会偷看我的分数了。

校园里安静得瘆人，好像世界末日，就剩班主任一人了。班主任没走远，就在一株桑葚树下，安静地抽烟。我还是怕班主任跑了，大声喊，老师老师！

班主任回过头来，诧异地问我，怎么了？

我追到树下，与班主任面对面。我抬起脑袋，才能掠过班主任鼓胀的腹部望向他的肩膀。班主任外套的扣子有一颗没有扣上。几次我都想帮班主任扣上扣子。

班主任说，赵麦生，么子事？

全家福

我气喘吁吁好一会儿，才从上衣兜里掏出一样东西，我的动作很慢，也很仔细，并且没忘了把解开的扣子重新扣好。最后，我伸出手。我说，老师，给。

班主任说，这是么子。

我说，照片。

班主任丈二和尚摸不着头脑，说，么子照片？

我说，老师要的照片，一寸照片。

班主任好像还在纳闷，一脸疑惑，说，一寸照片？

我说，昨天老师叫我带来的一寸照片。

班主任恍然大悟，噢，你说这个啊，不用了，用不着了。

我说，不是老师叫我带来的吗？

班主任说，嗯，你自己留着吧。不过，下次别再迟到了。

班主任说罢，扭头便走了。班主任走得匆忙，好像怕我追上他，硬塞给他照片似的。

我呆呆地站着。我的另一只手里死死攥住的是妈妈给我的二十块钱学费。我原本想交了照片以后，再把这二十块钱学费也交给班主任补上窟窿的。但是，班主任似乎很着急，着急回家吃饭似的。班主任打乱了我的全盘计划，我根本来不及说学费的事。

全家福

我手里捏着一寸照片，我知不道该拿照片怎么办。这是昨天半夜，我从妈妈的全家福里偷偷裁出来的。要是你现在能够看到妈妈床边方桌上玻璃压住的那张全家福，就在妈妈的那张全家福里，妈妈去哪都带着的全家福里，你会看到我的两只肩膀上扛着的再也不是我的脑袋，而是四四方方一个窟窿。

不不不，我割掉的不光是脑袋，甚至连我的两只肩膀也剜走了。

我站在桑葚树下，知不道自己是该站在桑葚树下，还是该回教室去。我先是低头看了看我的鞋子，两只并排的鞋子，破破旧旧。右脚鞋子的破洞，知不道什么时候，已经给补上了。这个崭新的补丁，像是一条崭新的小鱼。我再也看不到鞋子上黑黑的破洞了。我看到一条小鱼，趴在我的鞋子上，一动也不敢动，好像这是一条不会游泳的鱼。然而，这是一条普通的小鱼，只是这条小鱼却越变越大，变作一头鲸鱼那样大。仿佛我的脚下便是茫茫海洋，不但没了我的脚脖，也没了我的膝盖。我没见过这样小的鱼，我也没见过很大的鱼。我怕吓跑了鱼，于是一动不敢动，仿佛我是一条不会游泳的鱼。

突然，放学铃声响了。安静的学校，更加安静了一会子。安静终于堵不住了，学生们从教室门口拥了出来。

全家福

有些教室出来的孩子，簇拥着高大的老师，老师就像漂在学生上头。突然喧哗的学校，人头攒动。所有学生，像洪水一样漫过了我。我低头站着，看到脚下踩着自己的影子。看了一阵，确定那不是影子，是一条黑底白花的纱巾，也是妈妈的纱巾。它一定是被人从裤兜蹭掉了，又被我无故踩了几脚。我捡起纱巾拿在手上，很不自在。直起身子的瞬间，我似乎看到了姐姐的身影。我想喊姐姐。一晃神，姐姐淹没在人群里不见了。想叫住姐姐是因为，我想把妈妈的纱巾给姐姐戴，这样就没人耻笑我了。毕竟，这也是妈妈亲手戴给姐姐的纱巾。同样是妈妈的纱巾，这也不是我从菏泽带来的纱巾，是我从全家福裁掉我的时候顺便掏出来的纱巾，专门还给姐姐的。

没错，我撒了谎。

大年初一那天，照相的时候歪头的不是我，妈妈也没把纱巾戴给我。

姐姐站在镜头之外，迟迟没有过来。爸爸与姐姐招手，雪婷，来，过来。

要过来的想法晃了晃姐姐的身体，她却没有过来。

妈妈瞧瞧爸爸，走到姐姐边上。妈妈粗糙的大手，

全家福

轻轻落到姐姐肩头，将姐姐温柔地挪了过来。我看到妈妈紧紧靠着姐姐，也不自觉地与爸爸靠拢。

照相师傅掀开黑布，径直走了过来。他把我和姐姐靠得更紧了。然后说，对，爸爸妈妈也靠里一下。照相师傅退后了两步，踉跄一步，而后稳住了身体。照相师傅说，嗯，弟弟很好。照相师傅又走了过来，他扶了扶姐姐的肩膀，想了一下，觉察出不是姐姐肩膀的问题，一双大手便捧住姐姐的脑袋，说，姐姐不要歪头。对，就是这样不要动。

照相师傅回到镜头后面，蒙上黑布，安静了一会儿，又说，姐姐不要歪头。

姐姐的脑袋动了一动。照相师傅说，姐姐的头不要向弟弟那边歪，要向妈妈那边正一正。

妈妈很是窘迫，看了看姐姐，取下脖子上的纱巾围在姐姐的脖颈上。这样一来，姐姐的歪头便正了那么一正。妈妈的纱巾不但围住了姐姐的脖颈，也几乎裹住了姐姐的肩头。妈妈的纱巾，仿佛怕姐姐的脑袋掉了似的，把姐姐的脖颈系得结结实实。姐姐的脑袋还是歪的，但不再向我这边歪，而是歪向妈妈那边了，不过，有了纱巾的掩护，再也看不出歪的模样了。

刚刚妈妈系好纱巾，双手也焐了焐姐姐的脸蛋。若

全家福

不是瞥见姐姐双眼噙着泪花,我以为妈妈不过帮姐姐焐热又皱又红的脸。妈妈也在擦掉姐姐来不及掉落的眼泪。

等照片洗出来,我看到我的脑袋却是歪了过去。我不是故意歪头的,不是故意歪向姐姐那边的。

这时,我终于站得结实起来,也有底气抬头望望繁茂的桑葚树。金黄明亮的阳光透过树叶的缝隙落在我身上,我看不到任何一颗桑葚,这株树从来就没有结过任何桑葚。我的另一只手,我缓缓张开的另一只手里,蜷缩着皱巴巴的二十块钱和一颗想象中的灵枣。不对,这不是二十块钱,二十块钱团成一团没这么小气,我早该意识到的。我仔细摊开钱数出了四张钱,原来是四个十块钱皱在一块儿,我居然以为只是两个十块钱团成一团。这么算下来,妈妈那里只剩一百一十块钱了,妈妈还需别的十块钱,补进他俩房租的窟窿。我再次想起妈妈那句话,因为临上车前妈妈给钱的时候,妈妈先是喃喃说,一分钱掰成两半花。而后妈妈叮嘱我,这些钱里面有你姐姐一半,你俩一人一半,你可别一个人都交了。多亏刚刚我犹豫不决,也多亏班主任走得急,来不及给他。我居然真忘了,差点连同姐姐的那份钱也交了上去。而

全家福

这颗灵枣是在学校后头，被王传志丢到地上的那颗，我找了许久也没找到。眼看就没时间了，我找不到灵枣，只好假装自己找到了，并且我没有把想象中的灵枣放进裤兜里，而是放进了褂子的口袋里。现在这颗灵枣被这四十块钱带出来了，好像是花这四十块钱买来的，而我又知不道该把钱付给谁。我甚至觉着这颗不存在的灵枣便是这株桑葚树结的果，还有这四十块钱也是这株桑葚树结的果，落到我手里一块一块的阳光，也是这株桑葚树结的果，落到我的手上，通红通红的。或许，这根本就不是什么桑葚树，而是一株由来已久的，结满了柿子的枣树。

2022年8月2日—2022年8月30日草拟

2022年9月1日—2022年10月12日二稿

2023年3月3日—2022年3月18日三稿

2023年7月1日—2023年7月24日四稿

番外一　仿佛若有光

最惨的电线杆是么子电线杆？最惨的电线杆是边上有一株树的电线杆。无论么子树，冬天还好，夏天的树，枝繁叶茂，头顶华盖。孤零零的电线杆是一根水泥杆子，没有枝杈，没有叶子，甚至连电线也没有，是此，这是一根死掉的电线杆。

我家墙外便有这样一根电线杆。与电线杆毗邻的那株大枣树，则是种在院墙之内。这是一株规模宏大的枣树，比电线杆粗了一圈。

昨天刚刚下过雨，今日一早的树叶便是湿漉漉的树叶。可能雨过分大了些，树下尽是新鲜的树枝和水凼。轻风刮过一阵，树下便是阵阵雨落，哗哗声响，叫人疑心昨夜的雨没有尽兴，突然又来了。

树下的阵阵雨水，落了没有几次，很快便淘干沥尽了。不远处的电线杆一动不动，便是枝叶不分青红皂白

全家福

打过去，电线杆依旧是不动。风一直吹，树冠往电线杆那边撒啊撒的。远远看去，是电线杆撑住枣树，不叫枣树倾倒。

我从堂屋出来，当先看到的便是这株枣树，树冠繁荣，枝叶淋漓。湿淋淋的树荫也跟着雨水稀里哗啦统统坠落地上。

而后，我才看到爸爸和妈妈。他们站在与枣树不远的墙边。

我的作业已经写完，爸爸妈妈应该很是高兴吧。每每看见我乱跑，他们便苦着脸问，作业写完了吗？我垂首站住，我作业还没写完。我知不道为么子天天有做不完的作业。现在作业做完了，我浑身轻松，他们也该高兴了。

刚刚走出堂屋，看到爸爸妈妈正在劳作。我张着嘴，一句话也未说出，因为院墙坍塌了。我们的院墙是土坯垒就的院墙，下了大雨，很容易淋塌。昨夜下了大雨，不过不是昨夜的大雨淋塌的，是前几天的大雨淋塌的。大雨下了好几个夜晚了。昨夜的大雨只是淋在了豁口上。论及前面几场雨，没有昨夜大。本该昨夜淋塌，过早的豁口，叫昨夜这场大雨大得有些怏怏不快。

刚从堂屋里出来，我便发觉不对。天光亮堂许多，

番外一 仿佛若有光

而后我才看到院墙豁了个大大的口子。

透过豁口,有阳光豁进院子里,湿漉漉的院子闪烁晶莹光芒。听到拖拉机声响之前,先是枝叶间一丛麻雀惊散了。拖拉机拖着白烟,高头大马一样,突突驶过。

先于拖拉机跑过的是几个孩子。他们与我一般大,武鸣探头喊我一句。我仓促哎了一声,看看爸爸妈妈,想要跑动的身体差点撅倒了我。

拖拉机并没停下来,更没熄火,突突响个不停。爸爸回了一句,我才知晓拖拉机上的司机正在问爸爸。他说,听说夜门黑黑*出事了。

爸爸不好说是也不好说不是。爸爸抬头看看拖拉机的烟囱,白烟刚刚冒出就匆匆消散了。爸爸只是囫囵地说,昂啊。爸爸似乎把字吃了,这俩字更不像字,只是一种感叹语气。

司机乜乜埋头和泥的爸爸,踩中油门,开了过去。院子重新亮堂,我也看到了新的天光。

本就干活儿很卖力气的妈妈,似乎失了力气,散散荡荡。愣怔的刹那,妈妈是否想起了她还是个少女,而非妈妈的日子。

---

* 夜门黑黑,曹县方言,指昨天晚上。

全家福

在爸爸的带领下，爸爸妈妈依旧站在墙的这边，站在院子里，没有逾矩半步。

自行车铃声是飘在半空的碎片，就在院墙的上面，像是一群蝴蝶痉挛般舞动。很快我便看到一辆自行车骑过豁口。我甚至没看到是谁骑的自行车，便听见自行车及时刹住，停了下来。我看到车的后轮和后轮切碎了光芒的辐条。

而爸爸则可以看见这个人全部。单凭声音，我听不出这是哪个，更看不出是谁家的车轮。我看到车轮与爸爸说，听说夜门黑黑儿匹上等好布被偷了。

爸爸停下手里的铁锨，把铁锨直立起来，下巴抵住锨把，躬身道，谁说不是呢。

车轮说，报警了吗？

蓦地，响起一阵自行车铃声。就在院墙上头，我看到凭空冒出一团蝴蝶，水花一样四处迸溅，多么漂亮。但听那人说，别玩它了。铃声便是哗哗坠落了。他一定是在斥责孩子。原来自行车车杠上载着个贪玩的孩子，他一定比我小多了。

爸爸说，一早派出所便来过一趟了，没什么屙用。他们没看出什么，便是走了。说是备了案，鲁成说"回头听信儿吧"，我看八成没戏了。

番外一 仿佛若有光

车轮自行离开以后，爸爸缓了一阵，才直起身来。爸爸的两只手，没再抓住铁锨，有些无所事事地张着。爸爸的样子好像双手捧着院墙巨大的豁口，豁口是上面大下面小，远远看去，很像一只巨大的碗。爸爸点了一根烟，吃完了烟，再次躬身和泥。爸爸整个身心已是跌进碗里了。

爸爸和好泥，倒扣了铁锨，在泥里墩了三下，登时显出三道印子。爸爸握住铁锨，下蹲铲泥，一铲一铲往豁口垒就。刚刚铲了几下，爸爸便浑身湿透，随即脱掉上衣，赤膊上阵。

妈妈提了塑料水桶，向压水井走去。压了好些下，接满水桶，妈妈拎了一桶红水回来（水桶是红色的），以备不时之需。水是好水，与雨水一样。妈妈犹自添些黏土，替爸爸和泥。

墙的豁口看起来比刚才更大了，也没人走过，更没自行车抑或拖拉机走过。我没听到吠叫，却是看到一条黄毛狗子，溜溜达达便四脚踩过去了。不是看到豁口，而是看到豁口里的爸爸，狗子驻足望了一望。

我以为狗子没与爸爸搭话。狗子已是走了过去，我仿佛听到狗子边走边说，听说夜门黑黑出事了。

爸爸听到狗子也来欺侮他，气不打一处来。爸爸说，

全家福

都因为夜门黑黑你也不叫，要不是你也不叫，怎可能出事情。

狗子看话头不对，嗷呜一声，迅速窜走了。

爸爸将铁锨往墙边搁住，与妈妈说，歇一歇，吃罢饭再干活儿吧。

妈妈问，吃什么饭，这么大清老早，做什么饭吃呢？

爸爸说，吃狗肉。

妈妈望了爸爸一眼，知道他开玩笑，扑哧一声笑住了。妈妈说，想得美。

妈妈率先看到我从堂屋出来。妈妈以为我刚刚出来，问我，作业写完了吗，就出来。

我说，写完了。

妈妈说，检查没有，就知道玩，写完要多检查检查。

我说，都检查三遍了。我一遍也没检查，说谎也不打草稿。

如果没有变故，今天我该与爸爸去集市的。这种境况，先前爸爸的承诺想必要泡汤了。那日妈妈叫我去写作业，我磨磨蹭蹭，不肯就去，支支吾吾说，咱们家能不能也养一条狗子啊。

爸爸说，快去写作业，等你考试完，考到九十分就给你买个狗子。

番外一 仿佛若有光

我大喜过望,一言既出——

爸爸说,驷马难追。

登时,我张着胳臂乱挥乱舞,浑身都是乱糟糟的开心,几乎叫我不知道哪里开心,做作业也万分努力。

如今作业已是做完。考试还没考试,要到下个月才有考试,我从没像这段日子般期盼考试。是此,今日大清老早,我便努力做作业,心存期许。看到爸爸这样不耐烦,几乎是自暴自弃,我很是沮丧。下月的考试也将离我远走了。

吃罢饭,我只字未说。爸爸妈妈又去到院子了。姐姐走过来与我说,你的作业做完了?

房间里静谧而黯然,我轻巧地乜了姐姐一眼。我知晓姐姐的企图,知不道该说是还是不是,于是嘴里含着冰糖似的说,昂啊。

姐姐说,你的作业给我看看。姐姐没说你的作业给我抄抄吧。

虽则先前姐姐与我不在一个年级,比我也大上一岁,但因为众所周知的原因,姐姐休学一年,重新上学的姐姐空降到隔壁班。按理姐姐应该比我学习好才对,可一年的无所事事似乎荒废了姐姐,她再也学不会习了。我又疑心姐姐想借机抄我作业,虽然不同班,可我们的语

全家福

文和数学老师都是同一个。

我不是不想给姐姐抄作业，只是不能给姐姐抄作业。为了拒绝姐姐，我低头说出了一句愚蠢透顶的话，我不想给你抄作业了。

姐姐听罢脸色微变，矢口否认，谁要抄你作业。

我说，不抄作业你看我作业。说罢，我掀开帘子，从里屋走到外屋。姐姐没掀帘子，直接以头去接帘子。姐姐的头发慌乱，帘子劈在姐姐两边，扳不倒两只溜肩，也缠不住、拉不扯姐姐的腰腹。那样温柔的帘子，不动声色一般，更像将姐姐挤到前面来了。

姐姐站在那里，望住我说，你去哪哈儿？仿佛在问，你的作业呢？

我不给姐姐抄作业，也是怕老师看出来。毕竟我与姐姐错的一样，很容易叫老师看出来。我要都能做对还好，怕就怕错了几个，姐姐也会跟着错几个。到时候我也将跟着姐姐受罚。毕竟以前的作业，我尚没一回全都做对。

不忍看见姐姐可怜兮兮的模样，徒留姐姐一人在屋里，我决堤一样走出门外，来到院子。

漫长的院子，长驱直入，去到院门口。我只是刀子嘴，尽管我没与姐姐说我的课本正放在桌上，我的作业本放

番外一　仿佛若有光

在课本上面。只要姐姐走过去，随便看一眼便能看到我的作业本。姐姐若是不信，拿起我的作业本，随便翻上一页，便知道那是我写好的作业。姐姐时间充裕，我回来之前，两份作业也能抄完。

妈妈看见我离开，出于知晓我写完了作业，更出于自己正忙着浇水，没再管我。出了院门，看到站在院子外头的爸爸，我才想起来刚刚在院子里面我没有看到爸爸的身影。尽管刚刚看到豁口，我很想从豁口跳出去，来到院子外头。豁口跳出的外头，与院门走出的外头，一定是两个外头。不然，爸爸何以看不见我呢？

出了院子，我便往东走，直直走了不久，就是一座拱桥，过了桥拐上一条宽阔的大路，向南走上一箭之地，便看到一片久违的空地。

我刚刚到来，他们三个居然已是在玩了。缺了我一个，他们像在玩一种很新的游戏。他们离我许远许远，一蹦一蹦，仿佛他们只有三条腿，一人一条腿。他们三个像两个玩具，和一只球。这个玩具踢了一下球，这只球滚到另一个玩具边上。另一个玩具也踢了一下球。这只球滚到另外一处空地上，滚过一个小坑时，突然跳了一下，仿佛这只球自己踢了自己一下。这只球回到了第一个玩具边上。是此，他们仿佛在玩一只足球，而足球

全家福

一顿一顿地停下，知不道该往哪里去。

我需要跑过这片空地，爬上漫长的坡，才能与他们玩。那是一处缓坡，能从任何地方爬上去。爬上去以后，我便能看到许多蜿蜒的小路，我也能跑在小路上了，他们三个便是跑在小路上的孩子。我们可以跑在任意一条小路上。这些小路，到处分岔，也到处迂回。交叉多了，小路便没了严格的区分，因为无论你走哪条路都能走通。好像一条绳子，随意蜷曲，胡乱扔在那里。如果把这些小路拉直了，你会发现不过一条小路。

而我前面这片空地异常宽阔，并且太过宽阔了，长满过膝的蒿草，叫我望而生畏。

无论跑到哪哈儿，都叫我深陷宽阔。

大风吹过，我看到蒿草一浪掀过一浪。本来翠绿一片，掀开的背面是有些发白的绿色，好似撒了一层薄薄的面粉。

是宽阔扑了上来，不由分说，扒拉我的肩膀还有头颅，叫我手忙脚乱。知不道走到哪里了，我几乎被蒿草淹掉了。不过，我没停下，照旧跑得快。前方的宽阔再次阻碍了我，这种阻碍挤压得我越跑越快。我害怕脚下突然踩中一条蛇，我一定会跌倒在地。一条蛇也没有，到处密不透风。我惊慌起来，因为翻然起伏的草浪，在

番外一　仿佛若有光

我身后突然狂吠,帮我冲上斜坡,轻而易举来到坡上。

刚刚上来,他们三个便不见踪影了,一个人也无了。前面错综复杂的岔路,替他们问了出来。仿佛在说,你怎么才来?我只能远远看到一条小路,突出重围,向着远方直直伸去,直到看不见的尽头。

而他们三个一定迷失在岔路里,还没走出来。我在犹豫要不要走进去,也许他们已经玩够了,走掉了。

我站在小路的边沿,就像站在我家院墙的豁口,犹豫要不要跳出豁口,跳到院子外头。

一个月后,外出归来的二伯送给爸爸一条狗子。那是一条比鹅子还小的狗子。二伯说半年以后便能长成一条大狗,看家护院了。再过几年,狗子仍旧是原来那般大。而二伯的语气,仿佛狗子是爸爸考到一百分奖给爸爸的,而非专程送给爸爸看家护院的。是此,这是一只爸爸的狗子。

2023 年 3 月 21 日

番外二　赶鸭子上车

没有犹豫，刚刚出了屋子我便跑出院子。出了院门，我才意识到这一趟路途遥远。虽则已然走过了墙外这根电线杆，我还是绕过电线杆，转了回来。重新来到院门之前，我已想好，必须骑车过去才行。

刚刚进到院子，我便看到爸爸。爸爸远在堂屋边边，看起来好小，似乎比我还小。对于刚刚出门没看到爸爸，我倒没什么疑虑，似乎爸爸只是偶然在家。实际上，爸爸确乎常常不在家，连带妈妈也不见踪影。

出门前我相信我看到了妈妈。偌大的院子空空荡荡，刚刚就在院子里压水的妈妈依旧是在压水。这个压水井，井杆高高翘起，妈妈吃力地一下一下压下来。井口一汩一汩冒出的水流进红桶。妈妈看见我回来，似乎有很多话要说，却不道该说哪一句。我便见到了前所未有的沉默的妈妈。

全家福

爸爸正在给自行车打气。爸爸一只脚踩住打气筒的脚踏，双臂一抽一抽地压下去。车胎一点点鼓了起来。

见此，我便知道我用不到自行车了。爸爸一定是要骑自行车办事了。虽则不甘心，在爸爸看到我之前，我掉身走了。妈妈居然没喊我。

我要骑自行车的想法，以及我的犹疑和沮丧，爸爸妈妈知不道。他们的知不道使我生出伟大的甘愿牺牲的情怀。想到此，我的步子轻快起来，便是前方有一座大山也挡不住我。

我没遇见大山，遇见的是常见的树林。

我是从树林里走出来的。这是一片小小的树林，刚刚走出来，我就有种错觉，仿佛我是树林里的一株树。

出了树林，我走在一条小路上。路上尽是杂草，两边还都是稀稀拉拉的杨树。有时候会冒出一株槐树或者榆树，叫我知道我还没走出树林的王国。

这是一条蜿蜒曲折的小路，随时可以弯向别处去。边上都是荒地，因为是盐碱地，没人种庄稼。过去爷爷他们会从盐碱地里挖土回家，自己熬盐吃。毕竟那时候十分缺盐。没有盐吃，十天半月也上不了厕所。

不久，我便在前面发现两只鸭子。两只鸭子走在我的前面。我开始以为是我的两只脚走到了前面。因为我

番外二 赶鸭子上车

实在走得太快了,但我总是昏昏沉沉,觉着脑袋跟不上趟,导致身体摇摇晃晃觉着身体也跟不上。但是脚下的步子并没有停,甚至还跑得更快了。是此,我还以为我的两只脚很不听话,先自跑了出去。

我不得不加快脚步,想要追上双脚。刚刚追上来,我发现那两只脚不过是两只鸭子。因为两只鸭子跑得比较分散,如果真是我的脚,我则不止外八字,还容易扯断我的两条腿。

虽则追上来,我脚下则是小心翼翼,以免自己踩中这两只鸭子。两只鸭子呱呱叫着向前跑动。我躲来躲去地跑。

跑到前面不久,我向左拐去。前面是一大片麦田,我又拐回来了,但是两只鸭子没有拐回来。对鸭子来说麦田和小路都是能走的,甚至碰到河水它们也不会停下。

我刚刚拐过来不久,便再次看到了鸭子。前面不是两只鸭子,也不是一只鸭子,而是一群鸭子。这群鸭子堵在路上。我一步也走不动了。我只好停下了。

这群鸭子是从右边的麦田里倾泻下来的,泄洪一般。因为边上的麦田比这段小路要高,便是麦垄也挡不住麦田要哗啦啦倾泻下来。因此,连累哗啦啦一群鸭子,呱呱呱呱不停,堵在前方。

全家福

刚刚那两只鸭子已不见踪影。我知道那两只鸭子不是消失在麦田或者平原上了，而是消失在这群鸭子里面了。这群吞没了两只鸭子的鸭群，一点也看不出来多了两只鸭子，更看不出来没有两只鸭子。我更数不出这有多少只鸭子了。

就在麦田里，一直驱赶鸭子的是我姐姐。我看到我的姐姐，手里掌着一根细细长长的竹竿，竹竿的顶端是一根短短的鞭子，姐姐挥舞着竹竿，嘴里喊着，哟哟哟，去去去。把鸭子从麦田里往小路上驱赶。

姐姐看到我说，你怎么才来？然后，姐姐想到了什么似的，又说，你小心点，不要踩到鸭子了。虽则两句话都是对我说的，却很像分别对两个人说的。

我说，我不是来帮你赶鸭子的，我还有别的事情。

姐姐说，不赶鸭子，你过来做什么？

我说，我就是路过。我过来的时候也知不道你把鸭子都赶到这边来了。我以为你还在河边呢。

姐姐说，鸭子不下水，我也没办法。不是我赶鸭子，是它们牵着我走。赶鸭子太难了，下次我再也不赶鸭子了。下次叫你赶鸭子。你要做什么去？

姐姐前面跟我抱怨，最后一句话则好像又在问另一个我。这时候姐姐已经从麦田里下来了，继续赶鸭子。

番外二 赶鸭子上车

我跟在姐姐后头，走得更慢了。

不久，我们便赶着鸭子上到柏油路这边来了。我和姐姐在柏油路边向西走，当然是因为鸭子先自向西的。

我们在公交站牌下面停了下来。公交车刚刚兴起不到一年，以前我们要去城里，不论去菏泽还是去曹县，都要坐机动三轮车的。现在，坐公交车不但可以去城里，还能去路过的别家乡镇了，屠头岭便是其一。

很快从西边驶来一辆公交车。我和姐姐听到公交车的前门和后门同时哗啦打开。我们看到前门和后门都空空荡荡，没有人下来，也没人上去。因为站牌边上只有我和姐姐两个人。

姐姐把鸭子一只一只都赶上了公交车。不对，是抱上公交车，司机居然停住公交车，没有熄火，静静看着姐姐一只一只抱上去。我没有帮姐姐。待姐姐抱完鸭子，携着竹竿上了公交车，我便跟在姐姐后头。姐姐朝收款箱里投了五毛钱，我上车的时候也朝里面投了五毛钱。

我们刚刚上车，司机便关上车门出发了。

我以为公交车是空空荡荡的公交车，没想到稀稀拉拉也坐了些人。乘客们好奇地看着鸭子。我们是农民的儿女，而他们都是农民，对鸭子才不陌生。他们只是好奇车上有鸭子。这些人中，有人还翘起了双脚，让鸭子

全家福

钻到他前面的座位底下。姐姐没有找座位坐下,而是抓住扶手,看住脚下的鸭子们。

我没再跟在姐姐后头了,而是向后门走去。为了不踩到鸭子,我是脚底擦地走的。我一步一步擦着地向前滑去。不一会儿我便来到了鸭子群的中央。这时候,公交车遇到了坑洼或者砖块,颠簸起来。我趔趄了一下,扶住一个椅背,没再冒险前行,脚下的鸭群则是随着公交车的起伏,像是浮在水面上,呱呱呱地晃动。现在我站在鸭群中央,我觉着我不是坐公交车,而是站在一艘船上,这艘船正随着水波微微摇荡,我一点也没有倒伏的想法。

姐姐看我也上了车,噘着嘴,生气地说,你不是说不来吗,怎么也上车了?

我说,我上车只是要去姑姑家。

姐姐说,我就是要把鸭子赶到姑姑家,不是一样吗?

我说,我们不一样。

姐姐说,都是去姑姑家,怎么不一样?

我说,你是把鸭子赶到姑姑家,我只是要去姑姑家。都是姑姑家,我们去的不一样。

2023 年 4 月 5 日

番外三　火车叨位去

我们从东方来。我拉着地排车，爸爸妈妈跟在车后。我们先是从北地回来，遇到一座拱桥，向西拐过去。

地排车上是我们一早拾的麦穗。现在正值麦收季节，我们的麦子不但收割，还都脱粒完毕了，没有活儿干了。现在，我们一家都拾起了麦穗。麦子收割、拉走以后，每块田地都会残留不少带麦穗的麦秆。可以在路上拾麦穗，也可以在别家田里拾麦穗。基本上，一早也能拾满一袋的麦穗。

我们先在自家的北地，把自己的麦穗拾干净，便拾其他田地的麦穗。有时我们会遇到拾麦穗的同行（大多是老人、小孩和妇人，像我们这样全家上阵的是少数），便需要抢麦穗。

今日一早便是大雾，到这会儿雾气几乎消散殆尽。

一路行来，我们早上拾来的麦穗才装了半车。我把

全家福

肩带绕过脖颈，套住肩膀，拉动车辕。碰到上坡，我的双手使不上力，便靠肩膀使劲了。碰到坑洼抑或砖头，妈妈若正好在旁，便会帮我推一下。

爸爸妈妈几乎不走路面，他们一人负责一边，边走边在麦地里搜罗麦穗。有时候为了一根麦穗他们会走很远。麦茬很硬，踩麦茬需要技巧，不能直直地踩中，每一步都需要斜斜地从边上踩歪高高的麦茬，以免麦茬扎中脚脖。尽管加倍小心，一圈走下来，脚脖仍不可避免会有破皮。

有些人家吝啬，不允外人捡拾自家田地散落的麦穗。看到有人蹚进麦地来，便远远呵斥。遇到这样的人家，妈妈便匆匆走过，向下一块麦地进发。

过了村头的变压器，两边的麦地便不再是我们村的了。再走一阵，南面的麦田变作一片杨树林。这片林子里，满是大大小小的坟墓。为此，这条路是我夜里最怕的一条路。

树林的雾气，尚来不及消散。像有一带白纱，萦绕枝叶间。坟墓的阴影笼罩之下，我怀疑这些枝杈分明的树，是高高瘦瘦的魂灵，缥缈浮动。若是夜里，遇着好时候，能够远远瞧见坟头冒冒失失，发出蓝色的磷火。

过了杨树林，我总觉得我拉的不是半车麦穗，而是

番外三　火车叨位去

一团大火。这种感受越来越强烈，这团火焰更在炙烤我的后背，将我汗湿的衣裳也烘干了。

是此，我更愿意叫这辆地排车为火车。

若是有人迎面走来，看到我拉着一辆火车，后头跟着爸爸和妈妈，两人时不时将拾来的麦穗添进火里——这是用粮食喂养魂灵，他一定会感到惊奇，并为之嫉妒。

过了树林不久，前方便是十字路口。

十字路口向前便是名叫申楼的庄子。穿过庄子，到了村头，路的左边是中心小学。继续走一百米，路的右边便是乡里中学。

如今农忙放假，两所学校也应该空无一人了。

就在十字路口向左转，一路向南，走不到一公里便是太平镇。到了镇子，我们很快便能到家了。

十字路口这条贯通南北的大路，是一条柏油路，路基比两边高出不少。

我们需要过了石板桥才能去到十字路口。桥底下不是河，只是一个大坑。这个大坑里面没有水，无论从哪方面看，它都不像个河床。本来可以填平的，也确实有人拉了几车土填过这个大坑，把新土踩一踩，轧一轧，既能过车也能走路。过不到几天，老天爷若是落了一场雨，这块新土就又会深深陷落，重新凹出一个大坑了。

全家福

这个大坑，好像一个天坑，愈填愈深。几次三番，便没人填坑了。还是陆见深突发奇想，既然填不满沟壑，何不搭座桥？说白了便是在大坑上面并排搭四块长长的水泥楼板。楼板之间的缝隙还挺大，小孩子的脚丫和自行车的车轮都容易卡进去。无论怎么看，要过这座桥，总归得小心谨慎。

然而，今天我们却过不了这座桥。

今天桥头守着一个人，不许人过。守桥的人不是外人，是我大伯。

看见大伯，我不由自主喊了一声，大伯。

大伯则点点头。接着大伯与爸爸说，今天的桥不让过，你们走别个路吧。

如果要走别个路，我们需要掉头回去，绕道东边一条夹斜路，才能回到太平镇。

爸爸走过去，问大伯，怎么了，怎么不让过了？

大伯踢了踢面前的黄色标识牌，上面写着八个大字：

前方施工，还请绕行

爸爸说，这个桥怎么了？

大伯说，就是要修修。

番外三　火车叨位去

爸爸往大伯身后探了一探，说，这不还没开始修吗，就叫我们先过去吧，别人又知不道。

大伯铁面无私，说，要是别人也许能通融通融，正因为你是我弟弟，才不能叫人落下话柄。

爸爸说，不过几分钟，就让我们过去吧。现在没有人，看不到的。

大伯说，举头三尺有神明，我得对得起良心。

妈妈走上去，说，他大伯，咱就让孩子过去吧，拉着地排车，怪累的。

大伯伫立桥头，像是一面屹立不倒的旗帜，猎猎飘动。

不得已，我便掉转车头。才掉头过来，刚刚还在我左边的桥边人家，挪到了我的右边。这是陆见深家，大门敞开。

我把地排车停在门口，率先进了大门。妈妈在后面喊我，慢点慢点，冒冒失失干什么去？跑到近前，我才明白妈妈真是关心我。门口几乎高到我膝盖的门槛，差点绊倒我。多亏我反应快，及时高抬起一条腿，再及时高抬起另一条腿，惊险地跳过门槛。我几乎是跳进陆见深家的院子里，绕过影门墙，也不看他家敞开的堂屋是否有人，急急跑到堂屋侧面，来到院子后门。后门不像

全家福

前门那样盖了高大的门楼（并且是少见的黑漆木门），这是矮矮的栅栏门，像是胡乱对付的，虽则关着门，却是歪歪斜斜。不过侧了身子，把自己稍稍一撤，我便挤出院外去了。

出了院子，有一条发白的小路，弯弯的，向上爬到柏油路边便不见了。我站到柏油路上，远远望见前面不远处冒着姐姐的脑袋。姐姐才走了这么点路，知不道她刚刚是不是从大伯腋下窜出去的。

站在柏油路上，转身看见陆见深家的院子，我没想到能够一览无余。我的目光甚至越过院子看到了妈妈，我兴奋地喊道，这里，这里可以过来。

不得不多说一句，姐姐其实也与我们一路。

大清老早，我们一家四口，我拉着车，爸爸妈妈跟在后头，姐姐跑在前面。姐姐有时也会跑在两边。姐姐很是懂事，她在前面拾的麦穗，都是远处很远的，以免爸爸妈妈跟在后面没有麦穗可拾。姐姐其实没必要这样辛苦，因为姐姐毕竟个子小，不像大人那样能眼观六路，所以总是忽略许多麦穗。姐姐看起来总有无限精力，蹦蹦跳跳。我不能老看姐姐，每次看到姐姐，觉得她不是跑来跑去，而是瞬间移动，一会子变到这里一会子变到那里。加上大雾弥漫，姐姐的身影消散在雾气里，总也

番外三　火车叨位去

叫我看不见她。

就在我们到达有坟墓的树林之前，妈妈与姐姐说，你先回家，去生火做饭吧。

以往，这个可以偷懒的活计总是归我。今个，不知妈妈为何叫了姐姐去，总归叫我生出一丝嫉妒。这也是这样长的时间，我不愿提及姐姐的私心。

穿过陆见深家院子，我重新来到前门，爸爸已然进来了。爸爸站在门楼底下，等待妈妈。

妈妈则在门下，弯下了腰，掀起高高的门槛，抱在怀里，像是抱起她的孩子。妈妈把门槛竖在墙边。

门槛变了，变成一块没用的板子了。

妈妈放下门槛，本来要去拉车，被我看到，我急急跑过大门，抢在妈妈之前，架起地排车，便往门内拉去。

刚刚起步，车子便一阵轻松。不用猜，妈妈又在后面推车了。

跑到门外之前，我路过了爸爸。即使这样匆匆，我还是扭脸看到爸爸向后走去。爸爸边走边高喊，老陆——老陆——

我们跟上爸爸，到了院中。爸爸依然没找到一个人。妈妈在后面说，没有人吗？

爸爸说，知不道为什么，一个人没有，去哪里了呢？

全家福

妈妈说，先走吧，回头再知会他们一声吧。

爸爸思考了一会，说，说不说都一样。

我们很快来到柏油路上，开始一路向南了。拉着地排车走柏油路比走土路轻巧许多，妈妈也不必帮我推车，跟着爸爸走到前面去了。

在爸爸和妈妈前面很远很远的前面，我依然能够看到姐姐的脑袋冒在远方的麦田里。现在居然还有没有收割的麦田。这些麦子不但色泽金黄，而且颗粒饱满，竟要与姐姐齐高了。我又看不到姐姐的脑袋了，为此，我惊慌了一阵。不久，姐姐的脑袋再次浮现。好像姐姐的头需要在底下换气，一起一伏，时隐时现。

过了一座真的大桥，我们走得更快了。这座桥虽叫大桥，也没有多大。这是一座石板桥，底下有许多石墩。两边有石刻的栏杆，以防人们掉下去。

爸爸妈妈走到姐姐刚刚路过的地方了，他们碰到了一条小路，贸然左拐，走了进去。我拉着车子跟了过去。这是一条小路，左边是尚未收割的麦田，右边是收割以后的麦田。我注意到这块地的麦茬不但整齐，而且比其他地块的麦茬高——一定是用收割机收割的。

实际上到这里之前，我有所疑虑，也有所恐惧。

因为我没看到姐姐。爸妈已然走过去了。一个妇人，

番外三 火车叨位去

正在右边这块收割机割过的地里拾麦穗。刚刚我以为漂浮在麦田上面的姐姐的头，实际上是这个妇人的脑袋。先前，我以为这块也是没有收割的麦田，脑袋才能漂在上面。看来是我看错了。

再往刚刚的方向望去，姐姐已在更远的南方。

第一个路口，拐进来的小路是一条布满杂草的小路。前面不远的第二个路口是一条东西贯通的柏油路。现在姐姐已经走在那条柏油路上，向东走不到一里地便到家了，可以生火做饭了。

本来我和爸爸妈妈也该沿着道路继续向南，在第二个路口向左，拐上柏油路，也很快到家的。毕竟姐姐已经拐上柏油路了。知不道他们出于何种目的，拐到这第一个路口来了。

爸爸妈妈还在向东去，我硬着头皮跟在后面。可是我的心和想法，已经一路向南，追随姐姐去了。想到此，我尽力向南望了再望，已然看不到姐姐了。

这条路有点难走。中间是高高的杂草，两边各一道清晰的车辙。

走了没几步远，就在爸妈刚刚走过的路上，我看到一个孩子的脸突然冒出来。这是一个小女孩，比我小上许多，脸很白净。刹那间，我以为这是姐姐，尤其是脸，

全家福

与姐姐很像。爸爸妈妈难道没觉得好奇吗？

我到了她面前，她还是呆呆地站在路中央，知不道让路。她的脸惊愕地朝麦地望去。是麦地里的妇女在叫她。她咿咿呀呀地朝妇女说话。女孩手里攥着一个风车。风车是高粱秆做的。剥开的一条一条高粱秆皮，弯曲成一朵花的模样，插在高粱秆芯子上。

她的高粱秆一定是春高粱。果然在比爸爸妈妈更远的前方，我看到一小块高粱地。那一定是块三等地，并且很小。现在谁还种高粱呢。

女孩以为她妈妈叫她，其实不是叫她，只是想知道她在哪里。所以，她只要叫妇女看见她就好。

我比她听得懂，妇女焦急是要叫她躲开，赶紧躲开，有车来了。

好像我费劲巴拉拉着的根本不是一辆缓慢的地排车，而是一辆疾驰而来的火车。

女孩听不懂，和我以前很像。只要有句话听不懂，我就会想起五叔。爸爸总说五叔在泉州当兵。我知不道泉州在哪。爸爸说泉州在听不懂话的地方。五叔探亲回家，给我带来了好吃的压缩饼干，也带来了我听不懂的一句话。我从来知不道这句话的意思。五叔要回部队去了，五叔回部队要坐火车。看见五叔，我知不道五叔要

番外三 火车叨位去

走了，便喊，五叔五叔，你到哪里去哇？五叔回我也是一个问句，五叔喊，麦生麦生，火车叨位去呀？

2023 年 7 月 3 日

番外四　望山跑死马

我和妈妈，还有爸爸，我们三个骑车去定陶。开始骑在小路上，歪歪扭扭，坑坑洼洼，很不好走。好在我们骑车都很熟练，很快便骑过去了。

拐上了柏油路，我们都轻松起来，自行车也几乎不叫了。柏油路笔直而且整齐，我们速度很快，发出唰唰的声响。每隔一阵我便超过爸爸妈妈。因为我老想超过他们，使劲蹬了几下，便是超过匀速的他们。妈妈则在后头喊，你慢点。我不听。很快我便累了，慢了下来，爸爸妈妈便是超过我了。歇了一阵，不甘落后，我便再次快速蹬车了。几次反复，我累得够呛，我们也快出曹县县界了。

再骑了一阵，柏油路突然便是烂掉了，骑起来比刚才的小路还要颠簸。不单是我，爸爸妈妈也很是艰难，我更吭哧吭哧了。

全家福

我好一阵没再追上他们了。只能望着他们的背影，艰难爬行。对，好像我在他们背上艰难爬行。到后来几乎蹬不动脚镫了。每蹬一圈都要使出吃奶的力气，我想放弃，硬着头皮再蹬一圈，而后再次冒出放弃的想法。

远远望去，就在爸爸妈妈前面，我才发现我们正在上坡。看起来坡度不大，没想到骑车上不大的坡也这样艰难。前面的坡，已是高过父母的脑袋，悬在他们头顶了。

我真蹬不动了，自行车向前拱了一厘米，突然停住了。我握住车把，左右摇晃，自行车奇迹般站住了。我以为我要屹立不倒在这人间了，就像远处那座屹立在前头的巍峨大山，而我不知道那座大山便是叫做屠头岭。

当自行车将要倒地之前，我慌忙下车，然后说，啊，我不行了，骑不动了。于是爸爸妈妈也下了车，在前面等我。我没想起来，前面居然有座浓雾笼罩的大山。这座大山好像是一场大梦突然矗立面前，挡住我的去路。我疑心远处这座大山是一朵阴云，飘在天边，毕竟我看不到山根。何况是我，我相信爸爸妈妈也看不到。

妈妈回过头，亲切地与我说，骑不动就不骑了。

我则惭愧地低下了头。本来家里有一辆自行车，听到要去菏泽，我也吵着要去。因为不是去玩，而是要去批发布匹，回来的自行车后座还要载满布匹，是此爸爸

番外四 望山跑死马

也给自己借了一辆自行车。本来我回来可以坐在前面的横杠上。但是，我觉着我已经长大了，再坐到前面不但丢人，而且羞耻，便吵着也要骑自行车去。因为我刚刚学会骑自行车，对骑车有着满心的热情，妈妈拗不过，便再去另外的邻居家借来一辆前面没有横杠的坤车。

爸爸妈妈掌住各自的自行车，拐向一边了。我顺着他们的方向望过去，看到他们居然拐进一边的岔路。

可能因为再向前走，真的上不去屠头岭吧，他们才岔到边上去。

刚才我怎么没看到这条路。好像这条岔路原本没有，是临时替他们拐出来的。

他们也没招手叫我过去，自顾自推着自行车走。那条小路杂草遍布，他们走了一丈多远，车胎和鞋子都给露水打湿了，我才拐了车把，跟上去。

这条小路先是向左弯曲，而后才有个坡度。这个坡度与刚才柏油路的坡度没有多大区别。很奇怪，这条小路走起来却轻松许多。

很快，我便跟上爸爸妈妈了。我的布鞋也湿了。有时候，不小心轧中一个石子，车胎便咯噔一下。我怀疑是柏油路崩出来的石子，居然能够崩出这样远。

小路一边是麦田，另一边是荒地。荒地杂草遍布，

全家福

有时候也会有一株知不道名字的小树,细细小小。猛然晃动的枝头,仿佛得了羊角风。过了一阵,我才发现是刚刚蹿飞了一只鸟雀。没看清什么鸟儿,很快便消失在茫茫天空了。

鸟儿消失不久,天空更氤氲起来。

再走一阵,我发现前面有个很大的院子,大门是铁栅栏门,锈迹斑斑。似乎是一个庄园的大门。

要上到院子里面,需要走上更为陡峭的坡度,爸爸妈妈毫不费力走了过去,妈妈特地回头看我一眼,似乎毫不意外我能跟上来,对我说,快点。

我也毫不费力走了上来。刚刚走进大门,我突然想起来,之所以我们走在小路很是轻松,甚至肩膀和骨头也松快起来,是因为我们是推着自行车走路上来的。

这个院子很大,空空荡荡。一进来我便有一种奇怪而模糊的感觉,觉着这个空空荡荡的地方少了点什么。

我看到爸爸妈妈把自行车靠在院墙边,那里停放着许多自行车。

爸爸和妈妈停好自行车,便走了出去。他们看起来很轻松,也很瘦,实际上他们与刚才一样瘦。之所以现在看起来更瘦,只是因为没了自行车这个累赘。他们走起路来,干脆利落。

番外四 望山跑死马

这样大的空地,不建一座房子委实可惜。尽管,空地的四围都是排列紧密的房子。

我毫无顾忌,推着自行车到空地去了。刚刚走上去,我便发现,无论爸爸妈妈先前推着自行车还是现在走路,都是绕着这块空地走的,好像这块空地不是空地,真有一座房子挡在这里。

妈妈走在后面,爸爸走在前面。他们走到院子的后面,似乎听到了什么声音。

爸爸走到一个窗口,歪头向窗口说话,似乎是在买票。我知不道爸爸买什么票。爸爸还在与售票员说话。

妈妈先是摇了摇头,而后才扭头向左看去。随即,妈妈啊呀一声,顾不上爸爸,便向左边跑去。

爸爸还知不道妈妈跑了出去。

那里是墙壁,妈妈怎么不停,万一撞上怎么办?只见妈妈好像是穿过了墙壁,妈妈瞬间便不见了。在妈妈后面,则是跟着一个妇女,追赶妈妈。她招手冲妈妈喊,哎哎,你别跑啊。

看到妈妈突然消失了,我的小小身心受到很大震动,也忙忙跑了过去。

我刚跑两步,再次看见了妈妈。原来刚刚是房屋的棱角挡住了我的视线,就在房屋边上的那堵墙,是一堵

全家福

开了大门的墙。这里居然有一扇大门，妈妈是穿过大门跑出去的。

我知不道这个大门该叫后门还是前门。我们刚刚进来的大门才是后门，抑或前门吗？

出乎意料的是这里居然也开了一扇大门。

妈妈沿着大门外的一条大道还在跑。妈妈的前方，我看到一辆大巴车的尾巴。很快大巴车便拐了个弯，扬长而去，徒留一阵烟尘。

妈妈还在追。到了刚刚大巴车拐弯的路口，妈妈站在路边的树下，弓下身子，双手撑在膝盖上，大口大口喘气。斑驳的树影落在妈妈的背上，同时，也有许多斑驳的阳光落在妈妈背上。

刚刚的妇女没有跑出大门，规规矩矩站在门内，仿佛一出门她便会消失了似的。她向门外倾着身子，说，你回来你回来，还有下一班车呢。

我终于摸出一些门道了。原来妈妈刚刚追的那辆大巴车，是一辆从定陶开往菏泽的大巴车。爸爸则是在窗口购买车票。妈妈想要上刚刚开走的大巴车的愿望，落了空。

现在，我们只能在这个大院里等待下一班大巴车的到来。

番外四　望山跑死马

原来，这个空落落的院子是一处汽车总站，是从定陶开往菏泽的汽车总站。

我环顾四周，没有看到其他任何一辆大巴车，现在下一班大巴车它还没来到，甚至刚刚的那个空空的院落也被上一班大巴车带走了。

我没意识到我现在站立的地方，不是我该站立的地方。这里是给大巴车腾出的一片空空如也的地方。是我占了大巴车应该停车的地方。而我又不是孤立地站在这里。我手里还推着一路和我一起的自行车。自行车斜斜地倚在我的身上，如果我没站在这里，自行车肯定会倒在这里的，甚至自行车的后圈车轮，也会不停地旋转。

2023 年 4 月 7 日

代跋 少年游,千里好去莫回头 *

少年没有尽头,大梦毫无边际。前路总在咚咚直响,就像我走在前头。

年年归家,我老缠着爷爷讲以前的事,爷爷不负重托老讲一件事,同一件事他回回不重样。爷爷太老太老了,九十总也有了,总把记忆也搞混。料不到,我才三十出头的年纪,已经高过爸爸妈妈生我的年纪十年了。我也记不住以前了,我也再梦不见少年大梦了。这些梦里尤有一个令我难忘,这梦不止一回,可以另作《巨人传》了:第三次世界大战爆发于我的梦中,一并波及我们的小小村落,我伏于土墙根下瑟瑟发抖,恐怕下一秒就要被捉了,灰尘簌簌地落。硕大的双脚,一步一步,在坚

---

* 原名《少年记》,发表于《散文》杂志 2019 年第 11 期。严格来说,《全家福》就是从这篇散文中生长出来的,文章也为小说提供了更丰富的背景,因此排印于此(略有删节),权作代跋。

全家福

实的大地上踏出涟漪般的震颤。巨人攻进来了，巨人在筛查每一条漏网之鱼。这等恐怖的氛围下，每当巨人轰隆隆走来，我便准确无误地醒来，从没见过巨人巨大到什么程度。

甚至我也记不得我住哪哈儿。爸爸妈妈热衷搬家，他们把家搬离孙海村，搬到申楼镇上。又从镇上搬回村里。再从村里搬到镇上。好像我的家既不在孙海，也不在申楼，只在路上。

爸爸妈妈不但爱搬家，也热衷发财。

我上小学，爸爸妈妈奔赴菏泽城区，期许发财万贯，毕竟种地的收成实在少之又少，吃饱可以，生活却难。爸爸告诉我世人都说农民热爱土地，那是扯淡，都是没法，但凡有点头脑谁个不想逃离土地呢。从我有记忆以来，爸爸妈妈在农闲时做过很多生意。他们没有一技傍身，做什么都现学现卖，他们卖过布匹卖过衣裳卖过饺子开过代销点开过饭店理过发卖过树卖过鸡卖过羊卖过驴，背着我卖过恐龙也说不定。记不住哪年冬天，爸爸从温州进来一卡车凉鞋，妈妈骂他脑壳坏掉了。爸爸的想法可美：冬天凉鞋进货便宜嘛。妈妈说也没见便宜儿何。这两个家伙把我的房间腾出来，我被搁进厨屋。乡镇村里很多厨屋均是临时搭建的棚子，屋顶连青瓦也配

代跋　少年游，千里好去莫回头

不上，遮个塑料布草草了事。厨屋处处漏风，好像是花钱买来的漏缝，妈妈找来许多棉花查缺补漏。厨屋除却锅碗灶具，绝大空间堆满粮食，无非陈年小麦和玉米，一摞一摞，顶到椽子，好像厨屋只是粮仓的一个小小器官。这样一个地方，出没最多是么子？老鼠嘛。每天晚上我都会被老鼠惊醒很多次，他们吱吱嘎嘎好像在商量要花多少钱购买粮食。一毛一粒麦子，两毛一粒玉米，比人类出价贵多了。我屡屡抱怨，他们忙于发财（却欠了一屁股债），根本听不见我。妈妈总说厨屋房好啊厨屋多好还有灶神陪着你。我不置一词，心想这哪路神仙啊，这般不开眼，敢与老鼠争先锋。我的房间则堆满凉鞋，男人的女人的，男孩的女孩的，窗户堵死了，一开门凉鞋哗啦啦掉一串。这些凉鞋没完没了，卖了三年也没卖完，干渣渣的，也欠雨水滋润。后来许多年，好容易把凉鞋处理干净，妈妈每回收拾屋子，说不定就从床底下或者沙发底下惊愕地拎一只凉鞋出来。这些鞋子，单兵作战，像老鼠一样乱窜，呆呆的样子仿佛它们犯了错，仿佛它们不该穿过疆界，从温州千里奔袭，逃窜而来。

　　这段经历是搬到太平镇上以后发生的。房子就在卫生院门口，爸爸事先与卫生院院长说好，加墙盖瓦，一夜之间起了小庙一样的六间小房。为了省砖，房子后墙

全家福

是卫生院的院墙，我的这个家是卫生院外墙的延伸，好像多年良民一夕变作妖怪，两只长长的胳膊，面条一样缠满院墙。

有一年，可能是卫生院人事凋零，阮院长补我爸为编外会计，专事算账。爸爸不会给人看病，掰着指头算账倒是把好手。卫生院因为人少房多，阮院长让我住进三间空置的会议室，于是我搬离厨屋，住进了豪华会议室。搁会议室一角铺了一张单人床，正中央则是硕大的会议桌（躺倒上面打滚撒泼也不成问题），被几十张办公椅紧紧围困。长达一年时间，这就是我的卧室。躺在这个空空飔飔的地方，我跟我爸说我害怕。我爸学起了我妈，会议室多好，既大又敞亮，足球场也不过如此，况且还有伟人陪着你。会议室的四面墙上挂着五大伟人的巨幅画像——马克思恩格斯斯大林列宁毛主席，夜夜我都在伟人们的慈眉善目之下安眠，仿佛我不是睡觉，而是长眠床上。并且，伟人要比神仙厉害，以致我搬出会议室很长时间后晚上都不敢闭眼。妈妈以为我病了。我说，伟人们不注视我，我睡不着。

阮院长提携爸爸做编外会计的两年，正当疫苗注射红利时期。我还记得爸爸带领卫生院的医生们去我们小学种疫苗，我次次跟着胆大的孩子们越墙逃脱。轻薄的

代跋　少年游，千里好去莫回头

阳光才露头，我翻上墙头，迟迟不敢跳下去，活像啃墙，屁股撅在上头，兴致勃勃。幸好爸爸擅自救了我，大手轻轻一拨，拎了我回来，把我胳膊一捋，头一个结结实实挨了针。我就哇哇大哭，爸爸才不管，不论死活，把我往边上一抢，揪住下一个王传志。当我长到与爸爸这般大的时候，爸爸告诉我，他是个傻子。爸爸就是祥林嫂，他说，我真傻，真的。爸爸一心想发财，他这辈子唯一一次发财的机会却给他从指缝里悄悄溜走了，三十年后他才醒悟过来，而且他也因此吃了这辈子第一次闷亏。打疫苗是奉行国策，人人必打，这是多少人呀，大把大把的钱流进医院，作为医院会计，每笔钱都流经爸爸的双手。关键是这些钱是没数的，阮院长也从不管理，爸爸上报多少是多少。每天看着白花花的银子过了他的手，这双该死的手啊，爸爸说这双该死的手啊，竟然傻到没有伸出去捞一分钱，一点贪污的心思也没有，真是不思进取的一双手啊。要搁现在能捞多少便捞多少。爸爸搓着手说。我猜爸爸也只是说说，要搁现在，这个胆小鬼依然伸不出他的手。可能这也是阮院长要爸爸做会计的缘由，他多老奸巨猾，爸爸这个屠头怎能逃过他的法眼。

因为流水太多，爸爸招致旁人嫉恨。

全家福

终于，祸从天降。

当时正处某次严打末期，有人举报爸爸。爸爸妈妈顾不上安排我和姐姐便仓促逃走了。翌日，妈妈偷偷回来给我和姐姐做完饭，也是匆匆走了。长达半年，我与姐姐未见爸爸一次，即使妈妈回来，做饭也不多，更多是偶尔从门缝里塞些饼干、馒头给我们（更多时候我们便是去爷爷抑或姥爷家吃饭），不顾我与姐姐扒着门缝大喊妈妈妈妈。

这个心狠手辣的女人，头也不回，掉身便走。

待风头已过，爸爸原样归来，再也没掺和太平镇卫生院的任何事情。很快，我们又搬回村里。阮院长夫妇不辞辛苦，常到我家串门，从不空手，不是水果，便是糖茶。爸爸却再也没有登过他们家门。阮院长夫妇曾三度向爸妈提及要把我认作干儿子，爸爸始终没有松口。后来，阮院长调离我们申楼，到其他地方做院长去了。如今申楼镇被砍，一半劈给砖庙，一半劈给青岗集，再也没有申楼了，我也再没见过阮院长他们一家了。我曾把这段故事改巴改巴写进小说《人间》里，糅进这个小说以后，这段故事就走了样，连故事他妈也认不得了。至今，我仍然认得月亮，认得那个夜晚，我在阮院长家里看电视剧《西游记》，阮芳给我削梨吃，刀工可好，

代跋　少年游，千里好去莫回头

果皮连环不断。看完电视，我被第一次出场的猪八戒吓得不敢出门，阮芳把我送回家里。那个夜晚月光不亮，也没有多暗。走过桑葚树就快到我家了，阮芳被一只黄鼠狼吓到了。我们两个害怕的孩子在灌木丛里发现了一只蠕动的鬼。拎到家里，认出那是一只刺猬。第二天阮芳来到我家，带来一块大大的西瓜喂刺猬，给它取名喵喵。第五天，喵喵被我们喂死了。

搬回孙海村不久，爸爸妈妈思谋要到菏泽市里做生意，马不停蹄便去了。爸爸白天去干活儿，妈妈夜里去夜市。两个人一个白工，一个夜工，同住一个屋檐下，难得着面。我和姐姐就搁家里上学，三餐一个去爷爷家，另一个去姥爷家。我和姐姐两个倒换着，谁家吃腻了，就换换。有时候谁家也不去，就在自家院里，以砖临时搭个简易小灶，架一口小锅，点着麦秸（麦秸垛在院角里，有的是），下一锅清汤面条。面条有时坨有时硬，下多就熟练了。吃完便去上学。爸爸还好，是个爷们，硬硬嘴，从来不想我和姐姐。妈妈则每星期必回家一次，有时候妈妈耽搁了没回来我和姐姐也很想他们。想也白想，只能乖乖睡觉。有一回我发高烧，脑袋烧糊涂了，晕晕乎乎躺倒床上。姐姐只比我大一岁，也不顶事，就知道搁边上喊我名字，怕我死掉。那时候我早已

全家福

跟人秘密在教了，尽管很不虔诚，总归试试吧，睡梦里我双手合十祈祷上帝，让妈妈回来。那天晚上一睁眼，妈妈真就回来了，就像上帝把她即刻变现。哎呀，上帝比佛祖菩萨灵验多了，从此我秘密信奉起耶稣。爸爸妈妈来回市里从不搭车，只骑那辆永久牌自行车。单程一趟六七十里地，要骑三个小时，很是劳心劳力。我跟爸爸坐自行车去过菏泽好些回，车圈轧过横截了柏油路的铁道就到菏泽了，下了车，我的屁股已非屁股了，那是一截枯木头。

我也曾独自杀到菏泽，上帝保佑，竟然没有走丢。那年因为要办学籍，班主任要每人上交一张一寸照片。我没有照片，又没钱照照片，就坐机动三轮车去菏泽。那年景没有公交车，村民要到城里，只能坐这种经过改装的机动三轮车。后面的车斗焊接铁架，铁架外面裹了绿色的帆布，帆布用久了变得像是褐色或者灰色。车内两边各放着一条板，这就是乘客的座位。我请假到十字路口去乘车，因为没钱，也因为小，司机不让上车。我失算了，我说出爸爸的名字，他居然不认得我爸爸，真是气人。司机见我可怜巴巴，还是给我上了车。因为这个时候，已经下午两三点，去城里的人实在不多。柏油路年久失修，到处坑坑洼洼，好像外头有个巨人抓住车

代跋　少年游，千里好去莫回头

架死命摇晃，三轮车都要散架了。我坐在车篷的条板上，屁股老是蹦跳，其他三个也是一样。那个二十多岁的年轻人头一个没撑住，突然倒下，口吐白沫，发起羊角风。我好怕他抓住我令我跟他一块儿发羊角风，吐的白沫，到处都是，多难看呀。其他两人，见惯似的，任他发疯。车轮咯噔一声，我们便到了菏泽，他人径自好了，同我们一齐下地。我头一脚下地，以为掉进弹簧的陷阱，坚实的大地竟然发麻发颤。城里的地球真不一般，处处地震。菏泽城这般大，我到哪哈儿去找妈妈？事有凑巧，我还从未见过这般轻易的巧合，一下车我便看到妈妈了。我知不道妈妈为何会在这里，一扭身望见我。我以为是假妈妈，不会是妖怪变的吧。这是菏泽边上的一个村子，叫边庄，一跨脚就到菏泽市区了。爸爸妈妈租住在边庄的一间小屋，房租每月四十块。房东与我二伯一般大。小小单间寒碜得有些得体，除却一张床，别无长物。第二天，妈妈把我送回，我照样去上学，竟然忘记照片的事情，班主任好像也全然忘记，再未提及此事。后来我问妈妈，妈妈说我去菏泽是因为二十块钱学杂费，而我一直记做是为了一张照片。到现在也记得是照片。

　　可见谁的记忆都不牢靠。

　　我相信妈妈是错的。尤其是被妈妈纠正以后，我更

全家福

是固执地认为我去菏泽是为找一张并不存在的照片。

第二回去菏泽,我是为治病。也没什么大病,无非体弱多病,不想上学罢了。刚上初一,我就病倒了,惯性休克,小便失禁。妈妈不放心,把我拴到裤腰带上。二伯在菏泽市里官庄开了一间小小的诊所。爸爸常去与二伯说话,回来便带几包药给我吃。我知不道什么药,爸爸也知不道。我想二伯也知不道,因为没人知道我得了什么病。爸爸怀疑是结核,于我两岁时,姐姐也才三岁,妈妈曾经得过一种结核病。当时于爸爸而言,这病是绝症,又易于传染,要治好,花钱是天文数字。我曾在笔记里记过这件事,现抄如下:

> 母亲患了结核。父亲把母亲放在结核医院门口的树底下,去借钱。母亲让我别乱跑,她抬抬眼让我坐在她旁边。我坐了一会又跑开了。我跑得太远,母亲抬抬眼,摸一下手边的绳子,我便被拽倒了。我爬起来往回走。当我再次想要跑出绳子的长度,又一次绊倒了。冬日的清晨,还没有人,太阳也没冒头。薄薄的雾气挂在医院对面的树林里,有时候布谷鸟叫起来,惊醒了母亲。我累了,坐在母亲腿上,脑袋低垂,盯着对面的树林,心想说不定会有一只

代跋 少年游，千里好去莫回头

庞大的鲸鱼突然出现。我问母亲，鲸鱼什么时候来。母亲说，没有鲸鱼。我说，那有什么。母亲说，布谷布谷。父亲一路来到二伯家。他停在胡同口，没有进去。因为分家二伯没给父亲留房子，他们已经三年没有来往。二伯出门远远望到父亲，走得很快，把石板踩得硬硬邦邦，似乎从踩第一块石板开始他们兄弟就已经和好了。二伯来到父亲面前才发现自己是跑来的，三儿，咋了，有事？父亲说，是结核，得住院。医院就在母亲背后，也在我背后。我问母亲，会有鹿吗？母亲说可能吧。我和母亲盯着对面有阳光扦插的树林，我们坐在树下等鹿出现。我们知不道父亲正在回来的路上，他没想到回来的路要比去的时候长，且艰难。雾气越来越薄了，他想迷路，然而他没有。他脚步沉重，两手空空。

爸爸确实没有借到钱，后来妈妈还是被二伯救活了。尽管二伯也没钱，但他出了主意。二伯托人从医院自购药物（便宜很多）拿回家给妈妈注射。这样妈妈既不住院，也不太花费。但这是一种慢性病，需经年注射。不能长久住在二伯家，二伯也有一大家子要养活。爸爸便带着妈妈和针管药物回家，只需买来两样药，按时注射

全家福

便可，一样是异烟肼，一样是链霉素。爸爸亲自上阵给妈妈注射。头一个月，爸爸扎弯了无数针头，妈妈也跟着吃了无数苦头，后面熟练了两人才舒缓下来。隔上一阵，药没了，爸爸再到二伯家里取。扎了一年针，妈妈的病才痊愈。这一年妈妈几乎下不了床，爸爸镇日提心吊胆，怕妈妈哪一天突然不行了。

爸爸带我去结核医院做穿刺，多亏不是结核，但总归查不出什么病。我记得清楚，每隔一阵我便发病，一发病便休克，意识全无，醒来全身湿透，人却好多了。每每休克之前，我便在床上折腾，呜呜呼喊，没有大疼，只是难受。我说妈啊我好难受啊爸啊我好难受啊我难受死了老天爷啊我要死了真要死了。我便死了过去。这是白天，妈妈熬不住便睡觉，任我死去活来，滚来滚去。只要我不是真死了，妈妈才顾不上我，晚上的夜市还等妈妈去呢。夜市是个好东西，每夜妈妈需要跑两场：傍晚在东方红大街卖童装，而后到南关体育场卖水饺。爸爸还在上班，无从听见。我从来知不道爸爸在这个市里做什么活儿，好像他只要在这个菏泽小城晃荡，便有大把钞票从天而降。直到一个白天，妈妈带我去二伯家，路过爸爸工作的地方，犹豫良久决定见见爸爸。妈妈没给爸爸带饭，也没什么事情交代，只是见见。妈妈等在

代跋　少年游，千里好去莫回头

路边。我穿过简陋的石棉瓦房，钻进一个洞，转角出来，豁然开朗，这是一片工地，许多人在干活儿。他们在盖楼吧，我数不过来多少层了。他们人人像穿了一身水泥做的衣裳，样貌也无二致。他们指指点点，谁家小孩。我说出爸爸的名字。他们知道这几个字，他们便喊：海山。听来豪气好似一座大山。看到那张脸我便认出他了，他扭过脸来，他不是我爸爸。我爸爸是个好吃懒做的混蛋，我爸爸是个肩不能担手不能提的废物，我爸爸是个偷奸耍滑的败类，这个人他不是我爸爸，他正驼着背提一袋搅好的水泥往天上送。好像天塌过了，天也给石头堵好了，就差用这袋水泥抹严实，天就结实了，就砸不着我了。

我在边庄住的一年，很多时候爸妈不着面，便是边大娘管我吃穿用度。边大伯不着家，边大娘便是再忙，也要顾上我，何况他们还有一个女儿，名叫边灵。边灵长得好看，脑袋灵光。边灵已经上高中了，可她不好好上高中，常偷偷带我去玩。她一定谈恋爱了，她总问我有没有人追我。我没吭声。她又问我有没有欢喜的小女孩。我低下头红着脸，更不敢吭声。我想告诉她，我想大喊，就像喊"我要死了"那样大声，我想说，有啊有啊，我欢喜你啊。边灵小姐姐眼珠子骨碌碌一转，

全家福

便把我带到河边。河里没有水,都是芦苇。她站在岸边,汗水淋漓,头发湿淋淋,碎花裙子也贴在身上,好像她刚刚从面前的河水里游上来,变作一条美人鱼,便与我幽会。

他们一家待我如此之好,下辈子做牛做马我也没法报答他们。

芦苇丛的另一边便是一座庞大的监狱,监狱大到我从来知不道有多大。监狱大门的前头有很大一块地,种着许多树,树是苹果树。到了结果的季节,我溜出家门,来到这片果园。我侦查好了,这里没人,果实累累。人算不如天算,今个人数众多。他们一律光头,人人穿着一样的竖条纹衣服蹲在树下,发青的头皮微微颤动。他们在给苹果树除草,安安静静,一不喧哗,二不越轨。他们后头跟的是荷枪实弹的狱警。我走在中间青砖铺就的路上,道路两边排着羞赧的病人和严肃的狱警,狱警没有拦我,病人们也没有凶神恶煞。道路末尾了,我只捡了几个熟透的苹果装进兜里,败走麦城。回到边家院里,我没把这些发皱的苹果送给他们,我觉着丢脸,于是把它们埋进竹林里,就像埋葬一只死猫。院门开在正当中,正冲堂屋门,边大伯便在院当中砌一堵影门墙,影门墙前栽种一小片竹子。我从没说过

代跋 少年游，千里好去莫回头

这事，却不知怎么透进边大娘耳朵，大人们乐开了花，边灵也笑得冒泪，好像她失了恋，因为失恋而痛哭流涕。未隔许久，边大娘也要认我做干儿子，爸爸妈妈也没松口，遂作罢。

我初中行将毕业，爸爸妈妈才从菏泽老老实实回来，一分钱没挣着，反倒背了一身债。爸爸妈妈每回去菏泽都去看望边大伯他们一家的，每次去了妈妈都说，我们搬了新家了。好像新家很新，其实没有。

爸爸不认命，还要做生意。这次爸爸学乖了，活人钱不好挣，操起死人生意——在我读初中伊始，他借钱买了一辆报废的面包车，改装成一辆火化车，拉死人到殡仪馆。

有一天，阿乙说我，孙一圣是灵车的儿子。他的意思我明白，因为我父亲是开火化车的，也就是灵车司机，走街串巷拉死人到县城火化。一个死人一百块。活人要到城里最多三块钱，可见死人要比活人贵。家里的灵车换过好几辆，每辆都是从倪庄废旧处理车场花低价买来的，开不过一两年再换一辆。方圆百里无论爸爸站到哪儿，搁他边上无论什么车，那便是一辆火化车。最后一辆灵车，是父亲买来的一辆年限到期退休的救护车，这辆车比之前的车都好，父亲亲自动手，焊接铁架，加工

269

全家福

招牌（多亏他写了一手好毛笔字）。他把车里的所有座位清空，买了铁皮和铁条，焊接担架和滑轮。我知不道他想法为何，也许为了开张大吉，车牌两边高高挂起两只灯笼。于是火化车改造大功告成，正式开启拉死人生涯。父亲见过的死人比活人还多，活人就那么几个，见来见去，都成了熟人，死人他只见一面。见死人再多，他也没见过死人复活。

曹县火葬场的火炉工，干了一辈子也就见过一次。"现在想想也不是复活，顶了大天就是假死吧，给家人误作死亡送到火葬场来的。"这个火炉工是话痨，逮着谁都聊两句，抽一口烟，吐两句话，我们这哈儿吧，死人多的时候要排队的。家里要有钱吧，给看门人买盒好烟，他给你插队，让你把人早早烧完早早回去。有这么一家，可能很穷吧，就是不花这烟钱。眼看很多人插到他前头去，从早晨排到晚上去了都。终于轮到他们家的死人火化了，这具尸体刚刚推到火化炉跟前，猛然就从担架床上坐起来，掉身回家去了。所以说咯，死人是不会复活的。

农忙时节自不必说，农闲时候，我还能跟着我爸开灵车挣点零花钱。因此，村里的孩子见了，从不叫我名字，老远便喊，那个灵车的儿子又来了。他们便是这样，

代跋 少年游，千里好去莫回头

我的父亲是开火化车的，便是灵车司机，这是不体面的职业，只有下下等人活不下去才肯操这生意。

父亲专门扯了一根电话线，话机是喜庆的红色，号码是×××803，扒零散嘛，样样都零散，还想活着不成？这是一条死亡专线，每每电话铃响，好像从地狱打来，电话那头是阎王爷吧，他说今个张三死了，他说今个李四死了，他又不忘亲切叮嘱父亲，你去处理一下吧。父亲像是受到领导重用，喜洋洋出门去。我最怕半夜铃响，父亲却乐不可支，一个死人拉到火葬场就有一百块。

灵车进家不几年，家里也开了花圈寿衣店，兼卖纸扎的金山银山和摇钱树。我常常有这样的记忆，坐在被窝里，用金箔纸和银箔纸，帮母亲叠一筐一筐轻浮的金元宝银元宝。这些成箱成箱的纸叠的元宝，通常摆满家里的过道，漂浮在昏黄的灯光下。我常常想，这些不争气的金元宝银元宝，要是真的我们就发财了。

尽管挣不着什么钱，但父亲向来支持我上学。初中毕业，我没考上曹县最好的中学——曹县一中。父亲不惜多花了三千元钱择校费，让我进到曹县一中学习。三年过后，我高考成绩不好，没能考上本科，父亲毅然决然要我复读。父亲向来说一不二，我听话地复读去了。

全家福

便是高二文理分科,我也是听从了父亲的话选了理科。

那几年,我复读四次,高考五次,全拜父亲所赐。他总想让我考个本科去上学,我很不争气地一次也没有考好。最后,他好像不是放过了我,只是放过了他自己,放我去了一个师范高等专科学校。

尽管不是什么好学校,毕竟是个大学,也比窝在家里窝在农村好,我终于可以离开曹县了。在母亲的再三坚持下,父亲送我去郑州。我的大学在郑州。

父亲送我到大学门口,他口干舌燥,根本无意进学校,把我像行李一样放在门口,就要坐公交车回去。我陪他去公交站等车。这辆95路公交车直达火车站,不出四个小时,父亲就能回到曹县,回到家里,运气好还能吃上晚饭。我们一句话也没说,他上车的时候,一只腿抬上车了,另一只腿还留在地球上。尽管父亲穿的是的确良的西裤,我还是发现他的一只裤腿是卷起的,另一只裤腿是放下的。

这样的两只裤腿分明是两只农民的裤腿。

如今,爸爸认了命,不开火化车了,但花圈寿衣的门脸还在,是人总会死,花圈寿衣永不断顿。妈妈则信了命,供奉一尊弥勒,两尊菩萨,还有一份《金刚经》供在堂屋,逢年过节,香火不绝。我却早把耶稣忘了,

代跋　少年游，千里好去莫回头

不单我，整个乡村也忘恩负义，把耶稣忘个一干二净。那一年我知不道耶稣师父风靡全国没有，反正菏泽，反正曹县，突然在教了，知不道哪天夜半，耶稣武术超群，从邻县翻墙偷渡而来，横扫各家，无一幸免。各门各家，每至饭前，门窗紧闭，叛变革命一般，神经兮兮，十指紧扣，闭目祷告。

闭了眼睛便是天黑。小时候的夜晚是经常停电的夜晚。习惯了有电的我们，每每停了电，心里便因为没电空落落的，一片荒芜。有时候等到十一二点才能来电，八九点来电便是一种城里的恩赐。我们听说，城里（也便是曹县县城抑或菏泽市里）是从来不停电的，那时候我便异常向往城市，心想我若是能够住在城里便好了。

每每停电我们便会找出蜡烛，点燃蜡烛。点燃蜡烛用的不是火柴便是火机。点燃的蜡烛都是流泪的蜡烛。你若仔细看，会发现烛火是离开烛芯的，这只火苗是跳跃在烛芯上面的，一跳一跳，老是跳跃，好像跟烛芯毫无干系。

他们的闭目祷告从来都在白天，白天只有闭了眼睛的夜晚，没有别的夜晚。我也有样学样，趁他们闭眼的空当我偷偷去看，我看到了白天。原来白天是这样的骗人，我看到人人虔诚祈祷，念念有词，那时地球也一定

全家福

停转了。我分明看到，所有人都在说，嘴巴嗫嚅，好像念动《金刚经》：

> 我们在天上的父，愿人都尊你的名为圣。愿你的国降临，愿你的旨意行在地上如同行在天上。我们日用的饮食，今日赐给我们。免我们所欠的债，如同我们免了人的债。不叫我们遇见试探，救我们脱离凶恶。因为国度、权柄、荣耀，全是你的，直到永远。奉主耶稣基督的圣名祷告，阿们。

2019 年 8 月 28 日，十里堡